鬼咒纏身

The Haunting Spell

The dead will not be silenced.

死亡　不能停止我愛你的心……

鍾靈　著

咒身
鬼纏
The Haunting Spell

The dead will not be silenced.

CONTENTS

鬼咒纏身

掌中短篇

本故事情節、人名均為虛構
如有雷同，純屬巧合

第一章 荒山

連日大雨，讓山路比平常更加崎嶇不平，泥濘難走。即使在晴朗無雲的好天氣，這段山路對一般人來說都已不勝負荷，何況此時泥鬆土軟，難以著力，稍一不慎就會跌個四腳朝天。

「姚家明！你去死！」穿著雨衣的女孩一面抹去汗水，一面尖銳地大叫，「到底還要爬多久啊？我的腰快斷了，腿也快斷了！這該死的雨衣快把我悶到窒息，我受不了了啦！」

「最好是，明明就很中氣十足嘛！」家明回頭一笑，「孫奕芳同學，妳這不是很有活力嗎？不要抱怨了啦，登山嘛，本來就是這樣啊。」

奕芳拉下雨衣兜帽，看得出來她滿頭大汗，髮際全是微細汗珠，她指著身後的蕭雲珊和嚴慧兒，說道，「不止我耶，你看看，雲珊跟慧兒也都很累了呀！你嘛幫幫忙，體諒一下我們嘛！」

走在隊伍最前端的男生回頭，停下腳步，看著奕芳和另外兩名女孩，安慰似地說道：「學妹，這段路很陡，沒辦法中途停下來休息，按照地圖，爬完這段之後就有平地，再努力一下吧，等一下就能休息了。」

「啓恆學長，是眞的嗎？等一下就能休息了？」奕芳精神一振。

葉啓恆點點頭，「對啊，學妹，再忍耐一下吧。」

這一行登山隊伍並不專業，女生們幾乎從來沒有爬山和野外活動經驗，因此當她們發現路線是眞正的山路，並不是由村民建設而成的平緩階梯時，心中已經充滿了不安。一上山，惡夢才眞正開始，山路因爲大雨而崩壞，有岩塊的地方還算好走，但若是遇到全都是泥土的路段，就十分容易陷進軟爛的泥土中。這段山路的困難度很高，就算是經驗豐富的男生來走，也得四肢並用，才不至於翻滾下山。

走在眾人最後的是蕭雲珊，她其實從來就不喜歡戶外活動，是那種看到體育賽事就會轉台，根本不需要體育頻道的那種嬌嬌女。不過，即使從來沒爬過山、露過營，雲珊還是鼓足了勇氣，主動表示要加入這次露營活動。有時候只要動機夠強烈，人們就會做出一些自己和別人都難以想像的事。

孫奕芳的抱怨還是沒停過，「山下的民宿老闆說得沒錯，沒事幹嘛要上山嘛！一路上遇到了那些當地村民不也都叫我們沒事不要來冒險嗎？喔唷，我們應該要聽他們的勸告才對！」

「可是來都來啦，而且已經爬了三分之二的路程了耶，這個時候才說要下山有點晚囉～」

「我、我又沒說要下山。」奕芳嘟起嘴。如果不是囉嗦又愛抱怨的話，其實孫奕芳還挺可愛的，圓圓的大眼睛，像是日系雜誌裡的美少女。

「反正那些村民也只是說說，山上一沒猛獸二沒野鬼，只是路，呼，好喘，路難走了一點嘛。」家明又說道，「如果山上眞的很危險，他們早就把我們團團圍住，不讓我們上來了。所以，他們應該只是無聊，說個兩句這樣。」

「可是……我眞的快累死了……這裡超陡的啦！」奕芳幾乎是以狗爬的姿勢緊緊地貼在陡坡上前進。

「學妹，來，拉住我。」姚家明站穩後，向後方的雲珊伸出手。

「謝謝。」

雲珊的腿幾乎完全失去知覺，她感到早上出門前所擦的防曬乳早就和汗水融合，不知道流淌到哪裡去了。她抬頭看著家明，不由得在心裡輕嘆。如果向她伸出手的是啓恆學長就好了。

這次旅行的成員全都是中文系的學生。分別是大三的葉啓恆、李克維；大二的姚家明、鄭冬翔以及大一三位新生：孫奕芳、蕭雲珊和嚴慧兒。露營的主辦人是系上的公關姚家明，雖然這是私人行程，不過他還是花了不少時間和心力準備這次四天三夜的全部行程。截至登山前，大家都十分滿意，看來這次登山露營可說是行程中最大的敗筆。不過，姚家明本人並不這麼認爲就是了。他天性樂觀，認爲只要上山之後，好好舉辦一場營火晚會，大家就會重新評價這次的登山露營了。

不過，有時候樂觀無法帶來任何實質的助益。好比說，正當大家揹著各式各樣沉重的用品，使盡吃奶力氣，不顧形象，四肢並用地爬上山時，一場暴風雨，馬上就能讓強烈主張要爬山的姚家明成爲大家最痛恨的人。一項反應直率，不加掩飾的孫奕芳，在感受到雨點瞬間如雷落下時，她再度氣得大叫。當然，內容還是差不多的，無非就是恨透了姚家明之類的話。

雨勢不小，男生們改變了行進的次序，家明和啓恆負責照顧雲珊、慧兒，李克維拉著孫奕芳，鄭冬翔則走在最前面，替大家開路。雖然大家都穿著雨衣，但是大雨融合泥土成爲泥漿，腳部幾乎全都陷入泥水之中，不但難以行走，女生們更是覺得噁心。濕漉漉的泥砂滲進鞋襪之中，趾縫間全都卡進了泥沙……

「怎麼樣，快到了嗎？」不知是誰問了一句。

走到最前方的鄭冬翔吃力地點點頭，「接下來就是平地了。」

在雨中爆起一陣充滿疲倦的歡呼，一行七人，好不容易終於連滾帶爬，抵達了可供露營搭帳篷的平緩地面。啓恆連忙先扶著雲珊和慧兒坐下，替她們解下沉重的背包，好不容易等大家都找到落腳喘息處之後，啓恆這才感到全身筋骨無一不痛。他看看克維和其他男生，大家也都渾身泥濘，像是在越戰戰壕裡爬出來的美國大兵一樣蒼白無力。

「……雨還是很大，在這裡搭帳篷……恐怕不太安全吧。」休息了一會兒後，李克維率先開口，他看向天空，但此時雨勢太大，視線無法到達遠處。

鄭冬翔點頭如搗蒜，接著說道，「而且又起風了，說不定有颱風呢。」

「颱風？！」孫奕芳嚇了一跳，「不會吧，出發前氣象報告沒說有颱風啊！」

「誰知道會不會又有個什麼輕颱形成……」鄭冬翔聳聳肩，「總之，我也覺得在這種風雨中搭帳篷不是個好選擇。喂，家明，你有沒有查過，這附近有沒有什麼山莊還是什麼小木屋之類的地方可以過夜啊？」

「這個嘛，出發前我是有問過山下民宿的老闆啦，他是說，很多年前好像有，可是他不能確定。如果有的話，應該離營地不遠。」

家明的樂觀終於在此刻減退一些，他不好意思地苦笑，但是風雨已經大到讓其他人幾乎無法看清他的臉了。

「我們，要不要去找找看其他可以過夜的地方？」慧兒突然清了清喉嚨，「我覺得這附近應該有小木屋之類的地方，民宿老闆也有說過，以前山上有原住民，說不定有他們休息暫住的地方。」

「可是，我走不動了。」奕芳嘟起嘴，「討厭，我不想在風雨中露宿，可是我再也走不動了，怎麼辦？」

啓恆努力撐起身體，「不然，我們分成兩組，一組去四處查看一下，另一組在這裡照顧女生好了。誰要跟我一起行動？」

「我！」認爲自己要負大半責任的家明馬上舉手。

「好，那其他人就待在營地這裡，絕對不可以亂跑。」

「我們幾個人在這裡是很安全，你們呢？你們也是第一次來這裡吧，這樣亂跑多危險！」李克維說道，「而且山裡手機又不通，萬一有什麼意外怎麼辦？」

「……這樣討論不就回到原點了嗎？沒關係的，我跟家明不會走太遠，就在這附近看看，不會有事的……喔，對了，我有帶哨子，必要時還可以求救。」啓恆看看四周，說道，「那邊好像比較可以擋雨，大家先到那邊坐吧。」

啓恆和家明從背包中找出哨子和手電筒後開始往營地的另一側查探。雲珊緊緊挨著慧兒和奕芳，三個女生不約而同開始感到陣陣涼意。雖然還沒入夜，但是大雨讓天色一片黑，雖然有準備防寒衣，可是一直泡在雨中也不是辦法。克維和冬翔討論之後，決定先搭起一頂帳篷，如果啓恆他們找不到屋子可以休息，至少帳篷還是能派上用場。

「學長，需要我們幫忙嗎？」慧兒問道，同時還打了個噴嚏。

「不用啦，乖乖坐著。等帳篷弄好，妳們就可以進去休息了。」克維答道。

慧兒想了想，又問，「那，如果啓恆學長他們找到了可以過夜的房子，帳篷怎麼辦？」

「就放著啊，等明天下山時再來收就好了。」克維話才剛說完，就聽到一陣腳步聲快速砰然而至。

「喂！好消息！找到了一間很臭很髒，但是可以躲雨過夜的小木屋囉！」家明出現在眾人面前，興奮地大叫，「離這裡不會很遠，大家快點跟我走，快點，風雨愈來愈大了。」

「天哪，得救了。」奕芳衷心喊了出來。本來她已經開始幻想自己會在這山上失溫而死。

「雲珊，來，站得起來嗎？」慧兒和雲珊互相扶持，艱辛無比地起身，重新揹上沉重的行囊。

「可以，我沒問題，呼。」雲珊忍不住哼了一聲，天哪，她的腰眞的會斷掉。

行李這種東西，如果一直揹著，反而不覺得沉重，但休息之後再度揹上，眾人不禁覺得重量似乎是之前的兩倍。

家明興奮地扛起自己和啓恆的大背包，帶領著大家往森林深處走去。他不忘提醒大家，「要跟緊一點喔！注意腳下！」

家明拉著慧兒，慧兒拉著冬翔，冬翔拉著雲珊，雲珊拉著克維，克維拉著奕芳，六個人排成直線前進。雖然有同伴在身邊，但雨勢更大，黃豆般的雨力量不小，重重拍打著眾人。在這荒山野嶺中，六人不知爲何沉默起來，專心地計算著自己的步伐，只盼望能早一點到達小屋。

其實從營地到小屋的距離並不長，只是沿路長滿幾乎及肩的矮樹叢、各類遮蔽視線的雜草和不知名的植物們，若不小心便會被絆倒，因此眾人走得極慢。短短的路程，花了十幾分鐘才走完。

當大家看到那棟破爛的小木屋時，不約而同在風雨中露出了疲倦但安心的笑容。再怎麼樣破舊都沒關係，這裡至少有屋頂，可以遮風蔽雨，太好了！

啓恆聽到了眾人的聲響，他連忙走出小屋，向大家招手，「快點進來吧！」

黛音坐在落地窗前，若有所思地看著窗外。其實雨很大，根本看不見遠處景色，只看得到一片藍灰色的水霧，還有玻璃反光。黛音捏著手機，雖然知道女兒和同學今天會上山，那裡沒有手機訊號，但她仍然不自覺地握著手機，彷彿女兒隨時會來電報平安。

「媽，我可以去吧？嗯？」女兒接到同學電話後，興奮的神情讓她無法忘懷。於是黛音那時一口答應了。但她在聽到目的地地名之後，隨即感到無比後悔。多少年來她都不願想起那座偏遠的村落，然而在幾乎能夠完全遺忘的二十年之後，那個充滿傷痛的地名捲土重來，又一次撕裂她的心。

盛夏時節的風雨把窗外的世界染成一片詭異的藍色。

二十年前的夏天，那座幾乎在任何地圖上都找不到蹤影的村落，也是一樣下著灰藍色的雨。本以爲早就遺忘的過去，還是如此清晰地存在著。她還記得丈夫老家的樣子，那是一座小三合院，室內是暗灰色水泥地，丈夫的父親就躺在客廳一角的行軍床上，不能動彈，嘴角和衣領上都是吞不下、反嘔出來的白粥。睡褲在腹部隆起一團，因爲包著成人尿布的緣故，還有……

不！

黛音霍地從椅上起身，圓睜雙眼。她不要，絕對不要再想下去。二十年前，她害怕去觸碰那些記憶，經過二十年之後，內疚被時間沖淡，如今只剩嫌惡。其實，她是無辜的，她根本什麼都不知道！黛音告訴自己，這一切都不關她的事，而且她深信，丈夫也已經盡力處理好一切了。

黛音相信，深深相信。如果她不這麼堅定地相信，那麼懷疑就會把全家拖進無止盡的恐怖深淵中。不能說她未曾懷疑過，只是，選擇相信，會讓一切變好，會讓事情往好的方向發展。看看現在她擁有的一切，完美的丈夫，完美的女兒，完美的家庭，完美的幸福。很好，這樣不是很好嗎？

黛音重新窩回扶手椅上，她打開手機，女兒沒有來電。女兒應該很好，跟同學和學長們在山中露營，享受著大學新鮮人該有的放肆，那就是青春。她應該要替女兒高興才對。女兒一直不知道那座村落是父母相識之處，也是父親的出生地，她不會知道的。黛音和丈夫把過去埋葬得如此之深，就是爲了保護那孩子……

大門發出聲響，黛音再度起身，她把手機放在茶几上，迎向玄關。

「你回來了。」黛音微笑向丈夫微笑。

「嗯！雲珊呢？」蕭玉龍問道。

「明天晚上才回來呢！四天三夜的旅行嘛。」黛音接過玉龍的公事包。

「明天啊？怎麼感覺她好像已經去了很久？」

「那是因爲從小到大，雲珊都沒有自己出過遠門，我也很不習慣嘛。」

「說得是啊。對了，秘書替我訂了位，明天中午一起吃飯吧。」蕭玉龍說道。

黛音看著玉龍，感覺方才的不安已經全都消失。她很確信自己眞的想太多了，此時此刻的幸福和眼前的丈夫才是最眞實的。即使女兒都已經念大學了，黛音對玉龍的愛仍然未曾減少，她自己都覺得不可思議。

蕭玉龍年紀約莫五十歲左右，高挺的身材保養有方，沒有一絲贅肉，歲月的歷練使他擁有一種特殊魅力。不難看出蕭玉龍年輕時十分英俊，端正的五官和濃眉大眼幾乎沒有因歲月改變，雖然兩鬢有幾許銀絲，不過依舊充滿魅力。另一方面，蕭玉龍十分注重穿著打扮，他的服裝和配件從來不用便宜貨，除了天生的好長相之外，用金錢堆積起來的魅力也不容小覷。

「怎麼了，在笑什麼？」玉龍一手解開領帶，看著黛音。

「沒什麼。我只是很高興。」

「有什麼好高興的？」

「雲珊長得像你，又高又漂亮，我很高興。『吾家有女初長成』，這種心情你知道的。」黛音說道。

「雲珊哪裡像我了，明明是像妳。」玉龍牽起黛音的手，「跟妳年輕的時候，一模一樣，眞的，像極了。」

「明明是像你。」

「不，像妳。」

「呵呵，我們的對話要是給女兒聽到了，她一定笑翻。」

「哈哈，是啊。唉，我們的雲珊小公主要明天晚上才回來啊，長大了，就不要我們了。哈哈。」

玉龍和黛音一聊起女兒就沒完沒了。在旁人眼中，蕭家似乎就像是課本裡會出現的那種父慈子孝的完美家庭，用來形容他們的只會是正面的字詞，好比「愛」、「信任」、「關懷」、「體貼」……之類的。

非常完美的一家人，非常。

「媽的，眞的很臭！」鄭冬翔一走進小屋便忍不住叫了出聲，「這裡面是不是有屍體啊？」

「學長！你很討厭！」奕芳一面捂著鼻子，一面說道，「不要說這些有的沒有的啦，煩死了！」

「……是挺臭的，不過，這棟房子至少可以讓我們免受風雨之苦……」啓恆無奈地苦笑，「習慣就好。」

李克維點點頭，「如入鮑魚之肆，久而不聞其臭，亦與之化矣。」

「出自漢朝劉向《說苑》，卷十七，雜言。」冬翔接著補充。

「……直到現在，我才終於感受到，我們真的考上了中文系。」慧兒已經不知道該說什麼好了。

「親愛的三位學妹，是不是對未來充滿了信心呢？」家明笑道。

「……我們已經累到沒有力氣揍你了。」奕芳放下沉重的背包，不管地板有多髒，一屁股坐了下來，「天哪，我全身骨頭都快散了。」

「肚子好餓，來準備晚飯吧！」家明還是活蹦亂跳，他從背包裡拿出罐頭和防災食品，在眾人面前攤開，「我在專賣店買了很多防災食品唷！只要打開真空包裝就可以吃了。這些盒裝白飯底部有石灰，只要加水就能自動加熱囉。來，人人都有，不要客氣。」

「可是，我們全身髒成這樣，怎麼吃飯……這屋裡有水嗎？好像不可能喔……」慧兒嘆了口氣。

雲珊也受不了自己一身泥濘，於是說道，「我們去接一點雨水回來好了，至少可以洗洗手腳和臉。」

「我陪妳們一起去。」啓恆向雲珊和慧兒露出微笑。

雲珊一怔，她不知道啓恆的笑容代表什麼。只是友善的微笑呢，抑或還含有別的意思；再者，那笑容是給自己，還是慧兒也有份——或者根本就只給慧兒？她沒時間細想，因爲慧兒早她一步踏出木屋了，緊緊跟在啓恆身後。雲珊不知道啓恆的心思，但她看得出來，慧兒對啓恆有好感。女孩子之間的直覺很準，有時準確到令人不敢置信的地步。

啓恆領著兩位學妹走出木屋，他指著木屋窗下一只破舊的鐵桶，「看來，只好用這個裝水了。不過，妳們敢用嗎？」

慧兒蹲下來，思考了幾秒，「先用雨水刷洗一下，應該還OK吧，反正不是用來裝飲用水。」

「好吧，那讓我來。」啓恆也蹲了下來，拉過鐵桶，和慧兒一起把鐵桶推至大雨中。

雲珊忽然覺得自己很多餘，可是這次旅行，就是爲了要和在迎新茶會上一見鍾情的啓恆學長增進感情啊！怎麼能就這麼放棄呢？！雲珊猶豫了一會兒，她想走近啓恆和慧兒，但就在這時，在屋外的三人同時聽到了一陣怪異的聲響。

慧兒猛然站起，警戒地張望四周，「……我好像聽到了奇怪的聲音耶……好像動物的吼叫還是什麼的。」

雲珊緊張地點點頭，「我也有聽到——所以，應該不是錯覺。」

啓恆仍蹲著刷洗鐵桶，他不疾不徐地說道，「大概是山上的動物，不要在意。」

慧兒這時故意開玩笑，「學長，你有確認過這屋子沒問題吧？會不會睡到半夜有殭屍啊？」

「哈哈哈，學妹，妳真幽默。放心啦，這屋子我看過了，裡面只有一間打不開的房間，其他就像妳們看到的，空空如也。」啓恆答道。

「這樣就好，我膽子很小，很怕鬼的。」

「慧兒學妹，我其實一直覺得妳是三位學妹裡膽子最大的耶。」啓恆轉頭看向雲珊，笑問，「雲珊學妹，我說得對嗎？」

「呃，嗯，呵呵，對啊，慧兒好像膽子很大。」雲珊暗自懊惱，自己的回答蠢到了極點。噢，我這個白痴，到底在說什麼。

「咦學長，洗得挺乾淨的嘛！」慧兒扯開了話題，她伸個懶腰，說道，「好累喔，我要先進去休息了。學長，接水的事就拜託你跟雲珊了。」

「OK，沒問題。」

雲珊沒想到慧兒竟然就這樣進屋去了，現在是難得的獨處機會啊！雲珊連忙走到啓恆身邊，正當她想說點什麼時，不遠處有道影子一閃而過，雲珊嚇得尖叫。一腳剛踏進木屋的慧兒連忙折回，啓恆也猛然站起。

「雲珊，怎麼了？！」慧兒急問。

「我、我好像看到有奇怪的人……在、在那邊……咻一下跑過去！」

雲珊所指的地方，是木屋後方一塊約兩坪大的空地，空地之後就是樹林。

慧兒問道，「妳是說，有人跑進樹林嗎？」

雲珊拚命點頭，「對，應該是這樣沒錯。」

慧兒看著啓恆，啓恆連忙安慰兩位學妹，「不會吧，這裡沒有別人啦。我剛剛在等大家過來的時候有在四處晃晃，沒看見其他人。」

「如果是一般登山客還無所謂，可是如果是壞人怎麼辦……」慧兒皺眉。

這時冬翔從木屋走出來，在簷廊下看著大家，「剛剛是不是有人尖叫啊？怎麼了嗎？看到蛇喔？」

「雲珊學妹說，好像有人跑進了後面的樹林。」啓恆說道。

「不用擔心啦，就算是躲在山裡的逃犯，看到我們這麼一大票人，也不敢接近啊。反正大家小心不要落單就好了。水接好了沒？我們大家等著洗手洗臉哩！」冬翔三言兩語就結束了這個話題。

想想也對，應該不會有事的。雲珊和慧兒相視苦笑，而啓恆則把裝了雨水的鐵桶抬進屋裡。桶裡的雨水很淺，用來洗手洗臉勉強足夠。

小屋裡的確很臭。也許是因爲塵封多年的關係，因此味道格外難聞，像是腐敗的洋蔥和垃圾聚集在一起似的，眾人過了好一會兒才逐漸適應。屋外不知何時開始刮起了陣陣強風，爲了透氣而打開的木窗啪啪地響著。

奕芳看了眼窗外，縮著身體說道，「好險找到了這間木屋……外頭風雨愈來愈強了耶，說不定眞的有颱風喔。」

「不知道耶，不過我剛剛算過我們的糧食，撐個兩、三天應該是沒問題。」家明說道。

「……難怪那麼重！原來你帶了這麼多天份的罐頭……」冬翔狠狠揍了家明一拳，「媽的重死了。」

「啊哈哈，這是爲了安全起見嘛，你揹的那包剛好是礦泉水，所以是重了點……」家明避開冬翔揮舞的拳頭，笑得十分開心，「正所謂有備無患嘛。」

「家明學長這樣也對。」慧兒聳聳肩，「不過還是希望這風雨能早點停，要不然明天下山都成問題了……唉，明天下山之後的第一件事，就是要好好泡個熱水澡。」

「沒錯，我好想念浴缸跟馬桶，眞的。」奕芳拚命點頭。

「哈哈，三位如花似玉的學妹，今天眞是委屈妳們了，可別懷恨我啊。我也沒料到天氣會突然轉壞。」家明求情似地說道，「就把它當成驚奇大冒險吧，嗯？」

「那就要看學長你接下來的表現了，喔呵呵呵～」慧兒笑道。

安頓好了，也塡飽肚子了，這次的登山露營似乎突然不再那麼討厭。晚飯後大家圍成一圈，閒聊著系上的八卦和選課的秘訣，雖然冬翔提議來說鬼故事，但卻被大家用無情的眼光狠狠拒絕。但是，在一片歡樂的氣氛中，雲珊卻怎樣都打不起精神，她一直回想著剛剛在簷廊下看到的那束人影，不會錯的，眞的有人跑進樹林中……那是什麼人呢？疑問充斥在雲珊的腦海，看身高，對方應該是男人……雲珊想起了美式恐怖電影裡常見的劇情：一群大學生到郊外玩耍，當地卻住著恐怖的連續殺人魔。雖然明知道那是電影公式，但雲珊此刻卻不自主地把自己和同伴套入其中。

「雲珊，妳怎麼了？從剛剛開始就一直發呆，一句話都不說。妳沒事吧？」慧兒用手肘碰碰雲珊。

雲珊大夢初醒似地呆了幾秒，才開口，「喔，啊，那個，沒什麼。」

「在想剛剛看到的人影嗎？」慧兒問道。

奕芳聞言便急著追問，「什麼人影？妳們在說什麼？」

慧兒答道，「喔，其實沒什麼啦。就是剛剛在外面裝水時，雲珊說有看到奇怪的人影跑進木屋後的樹林裡──雲珊好像很在意哩。」

「人影？該不會是什麼壞蛋吧？」嚴格說來，奕芳思考的方向和雲珊挺接近的。

克維大笑，「想太多囉，學妹，這可不是《十三號星期五》或者《德州電鋸殺人狂》那種電影。」

「那種電影？那種電影是哪種電影啊？」冬翔一向不太看電影，他好奇問道。

「就是美式殺人狂電影啊。一群年輕人到荒郊野外去玩，然後其實那裡住著一個殺人魔，趁大家不注意的時候，把那群年輕人一個個宰掉。不過，通常會有個女生很難殺掉，她會逃很久，最後要不要殺掉都沒差，反正會有續集……大致上就是這樣。」克維解釋道。

冬翔點點頭，「那大家可以放心了，這裡是台灣不是美國，哈哈哈。」

「對啊，台灣治安雖然不怎樣，但是好像不流行連續殺人魔耶。」奕芳接著笑了，對雲珊說道，「妳別想太多了，不會有事的。」

「嗯……我知道。對不起，我好像給大家帶來困擾了。」雲珊訕訕地低頭。

啓恆安慰道，「沒關係啦，當作閒聊話題也不錯嘛。」

「呵，」雲珊一聽到啓恆安慰自己，便不自覺地露出笑容，說道，

「其實我剛剛也覺得有點像美式殺人狂電影的情節耶……」

「哈哈，雲珊學妹，妳也會看那種電影喔?妳看起來不像會看那種電影的人耶——該怎麼說呢，妳看起來就是啊，會喜歡看什麼《未婚妻的漫長等待》、《窗外有藍天》、《理性與感性》那種電影的類型。」家明以認眞的神色說道。

雲珊噗地笑出聲，「學長，你想太多了。」

「家明學長，那我呢?」慧兒指著自己，開心地問道，「我看起來像是喜歡什麼電影?」

「一本道還是東京熱系列吧。」家明以無比嚴肅的神色說出了讓所有男生噴飯的答案。

沒想到慧兒也知道，於是隨手抓起塑膠叉子丟向家明，「學長!你很壞耶!」

克維趁機拍手叫好，「慧兒妳知道一本道跟東京熱是什麼嘛!所以一定有看過喔!哈哈!」

雲珊和奕芳不解，互看一眼，而慧兒臉燒得通紅，「你們不要用那種眼光看我！現在是網路時代，我、我偶爾也是會獲得『相關資訊』的啊！」

「你們在說什麼啊，什麼東京熱，那是什麼電影，我怎麼沒聽過？」奕芳問道。

「喔，學妹，等妳有男朋友以後就會知道了。簡單來說，那個就是戀愛教戰守策的一種。」家明還在大笑。

慧兒又羞又氣，索性衝上前狠狠地擰了家明一下。「不許笑！」

「啊，好痛！學妹出手，毫不留情啊！」家明裝出受委屈的可憐表情，這樣一來大家笑得更開心了。

雲珊雖然還是不知道一本道和東京熱到底是什麼，但看著慧兒和家明鬧成一團，大家的笑聲似乎沖淡了她的不安。其實，說不定根本就是自己看錯了，說不定那只是一頭什麼小動物，甚至有可能根本只是樹影，不應該想太多的。

第二章 撞邪

幾乎折騰了一整夜！雖然大家都累癱了，可是卻玩到凌晨才一一入睡。屋外的風雨也在下半夜逐漸停止，等到次日早上眾人醒過來時，屋外早已豔陽高照，溫度也上升不少。

「喔……天哪，全身痠痛到不行……」

奕芳感到身上關節無一不痛，就像是被人用木棍揍過似的，這也痛那也疼，想到還要揹一堆東西下山……奕芳倒抽了一口氣，覺得自己眞的會小命不保。雲珊和慧兒也好不到哪去，從來就沒參加過戶外活動的雲珊，根本連挺直身體都十分困難，等到好不容易從地板上站起來之後，卻又感到大腿小腿一移動就痠軟難耐。至於慧兒則是一起床後小腿和腳背就抽筋了，她笑稱自己半身不遂，一向體貼的啓恆當然就成了護花使者。

幾乎沒辦法把腳伸直的慧兒只好一直搭著啓恆那寬闊的肩膀，這一幕讓雲珊在心裡暗暗吃醋。雲珊雖然沒表現在臉上，但心裡卻不停地想像，如果是自己抽筋了，那麼也可以像慧兒那樣緊緊挨著啓恆撒嬌……這該有多好！

陽光照進屋裡，眾人這才看清楚，這間殘破不堪的木屋裡的角落有張搖搖晃晃的木製椅子，在椅子後方有扇木門。鄭冬翔和李克維好奇地走向木門，克維回頭問道，「喂，你們找到這間屋子的時候，有沒有進去這裡面看過？」

啓恆搖頭，「我有試著要打開，可是好像上鎖了，後來就沒去管它。」

家明說道，「其實我一直很想打開看看耶。反正這間屋子應該沒屋主，把門打開應該是OK的啦。」

「不可以！你們忘了嗎？現在是民俗月耶，我們是迫不得已才來這裡借住一晚的，怎麼能隨意打開那扇門呢？我覺得毛毛的。」奕芳說道，「我以前看過一篇文章，民俗月的第一條禁忌就是不可以到鬼屋探險……」

「這裡又不是鬼屋！而且都已經過了一夜，要犯忌早就犯了啦。」鄭冬翔握住腐朽的門把，才一使力，門便應聲而開，悶臭噁心的氣味自門縫中衝出。

「啓恆學長……啊你不是說門有鎖……」冬翔捂住鼻子，「哇靠，臭死了。」

「呃，奇怪了，昨天的確是有上鎖啊……」啓恆聳聳肩，「不過我也沒有多試幾次，可能是我弄錯了吧。」

家明也捂著口鼻，皺眉，「看這些蜘蛛網……我敢保證這門至少十年都沒被動過。」

木門的鉸鏈早已鏽蝕，發出吱吱的摩擦聲，門把腐朽變黑，在陽光之下顯得陰森可怖。

「要進去看看嗎？」冬翔雖然已推開門，但一向大膽的他不知爲何卻步了。門後的房間似乎沒有窗戶，非常陰暗。

「都已經打開門了，當然要進去啦。」家明推了冬翔一把，沒想到冬翔踉蹌往前一撞，木門竟整片應聲倒下。

「媽的，幹嘛推我？！」

「你、你們看！」慧兒忍不住躲到啓恆身後，女生們這下同時尖叫起來。

「幹！怎麼會！」

跌趴在地上的冬翔一抬頭，就看到一雙發黑、趾甲剝落的腳在半空中，沿著那雙黑色的腳往上看去，是具吊在半空中的長髮屍體。屍體的黑髮極長，極乾枯，像是一層蠶繭似的緊緊包覆住全身，只露出一雙皮膚完全變黑，拇趾趾甲翻起的腳，那個樣子，就像被黑髮纏繞窒息而死似的。

「哇啊、哇啊！」

奕芳尖叫著，怕得緊緊抱住雲珊，雲珊吃驚地看著房裡吊在半空中的屍體，她沒有大喊，也沒有顫抖，只是痴呆地注視眼前駭人無比的景象。

房裡有一座怪異的水泥矮牆，上面貼著發黃的白色小馬賽克磁磚，牆上有個人頭般大的洞，洞口外也仔細地貼上相同的馬賽克磚，而吊著屍體的麻繩便從洞口穿過，一端經過了屋樑，吊著屍首，另一端則被繞了數圈，牢牢固定在怪牆的洞上。屍體被黑髮層層包住，根本看不到其他部分，眾人同時注視著半空中那雙黑色的腳，似乎完全喪失了說話的能力……

良久。

「……我快瘋了。」第一個重新開口的是慧兒，她的臉緊貼在啓恆肩上，低聲說道，「快走，我們快點離開這裡。」

這句話喚醒了所有被嚇傻的人，奕芳慘叫一聲，放開雲珊，隨手抓起了自己背包便往外衝。啓恆撐著慧兒，冬翔、克維和家明全都顧不得整理行囊，飛也似地逃出木屋。

「天哪！」慧兒叫道，「雲珊妳在幹嘛？！妳還發什麼呆？」

家明聞言又轉身回到木屋，使勁把雲珊往外拉，「快走啊，雲珊！」

「我、我……」雲珊發出模糊的話語聲，她那黑白分明的雙眼不自覺流下淚水，任憑家明把她拖出木屋。

啓恆索性揹起慧兒，家明緊緊牽住雲珊，一行人帶著萬分恐懼，幾乎不知道自己是怎麼下山的。即使一路上陽光普照，萬里無雲，可是大家不約而同地在腦海裡拚命播放著重複的畫面——那雙發黑的腳、宛如未曾停止生長，會吸乾人生命的恐怖黑髮以及那股夾雜著霉、酸、悶與腐敗惡臭的噁心氣息！

走到一半，奕芳還是忍不住停下腳步，蹲了下來，在草叢中狂嘔。雲珊喘著氣，幾乎沒辦法思考，臉色也好不到哪去。家明鬆開手，拍拍雲珊的背，克維彎下腰，一面喘息，一面從口袋裡掏出手帕給奕芳。

「……從這裡開始，我下來自己走好了。」慧兒不好意思地說道，「學長你很累了吧？」

啓恆搖頭，苦笑，「還可以，走到山下應該沒問題。」

「上山的時候花了好幾個鐘頭，結果下山時衝得飛快……媽的……好喘……剛剛差點摔下去。」鄭冬翔抹汗，問道，「喂，說眞的……那個房間裡面……」

「學長你閉嘴！」奕芳好不容易才站直身體，她用盡最後一絲力量大喊，「不要說！你不要再說下去了！都是你啦，沒事幹嘛去開門——」

「奇怪了，我怎麼會想到裡面竟然有人上吊！」冬翔說完後也隨即後悔，他搖搖手，「算了，當我沒講。我看還是快點下山比較重要。」

入山口距離民宿大約有十分鐘的腳程，眼看民宿就在眼前，可是大家無論如何都沒辦法再撐下去了。於是啓恆提議打電話到民宿，請老闆開休旅車來接。這個提議獲得眾人一致通過。幸好下山之後手機開始有訊號，老闆也正好有空。大約六、七分鐘後，在眾人眼中彷彿是黃金馬車般的灰色休旅車終於出現，民宿老闆大概不知道自己對於這票學生而言根本就是救世主了！

「哇！冷、冷氣耶！」

一坐上車，奕芳感覺生命再度充滿意義，她終於又重新回到了文明開化的社會！喔，如果下次我再答應參加登山旅行，就罰我一輩子交不到男朋友！她在心裡暗暗起誓。

「奇怪了，你們怎麼看起來一點也不高興？而且還很狼狽，發生什麼事了嗎？」胡大哥問道。

民宿老闆姓胡，四十歲左右，前額微禿，有張圓圓的娃娃臉，鼻子也圓圓的，看起來有點像中年的麵包超人。他穿著格紋襯衫和短褲，給人親切和善的第一印象。

「那個……胡大哥，眞的是……說來話長……」家明未經思考，脫口而出，「我們差點被嚇死！」

「什麼意思啊？」果不其然，胡大哥追問道，「在山上發生什麼事了嗎？」

家明被其他人狠狠一瞪，但他不以爲意，想了想之後大聲說道，「現在不說的話一定會後悔啦！」

「姚家明，你一定要這麼任性嗎？」克維忿忿地說道，「這樣會造成大家的困擾耶！」

「你們這樣一說我就更好奇了……」胡大哥笑道，「到底發生了什麼事，說說看啊。」

一直保持沉默的啓恆這時開口了，「胡大哥，山上營地旁的小木屋你知道嗎？」

「營地旁有小木屋嗎？沒印象耶。不過，我很多年沒上山了，記不清楚。但是有登山的客人好像都沒提過……是新蓋的嗎？」

「不是耶，超破舊的，看起來好幾年都沒人去過了。可能因爲離營地有點距離，所以一般登山客都沒發現吧。」啓恆深吸了一口氣，用目光徵詢大家。克維本來想說點什麼阻止啓恆，但後來還是決定緘默以對。啓恆續道，「昨天上山之後風雨很大，我們想說找找看有沒有地方可以暫時躲避風雨，後來就在不遠的地方找到一棟小木屋，然後我們就在木屋裡過了一夜。早上起來之後……咳嗯，早上起來之後，注意到木屋裡還有一扇門，於是我們就打開來看……」

家明吞了口口水，接著說道，「我們就看到有人，不對，有屍體吊在半空中。」

胡大哥不由得踩下緊急煞車，他一拉排檔，回頭看著學生們，神情凝重，「喂，同學，你知道自己在說什麼嗎？」

「知、知道啊。」家明隨即指著其他人，「大家都看見了。」

慧兒率先點頭，「胡大哥，這是真的，我們嚇得幾乎是用滾的滾下山哩！」

胡大哥不敢置信，又看看奕芳和雲珊蒼白無血色的臉蛋，「營地旁邊有座小木屋？小木屋裡面有——你們真的不是在開玩笑？」

克維打破沉默，緩緩說道，「胡大哥，我們才沒那麼無聊。」

胡大哥略一思索，問道，「我載你們去村裡的派出所，如何？」

「啊？一定要去嗎？我不想跟這事扯上關係耶……」奕芳的話可說是大家的心聲。但屍體的事都已經說出口了，又怎能不去報案呢？

冬翔嘆口氣，「去派出所作個筆錄，報個案這樣嗎？」

「對啊。我是覺得這件事非同小可，還是去一趟吧。」胡大哥不由分說，拉開排檔，方向盤一轉，往村中派出所駛去。

「阿胡啊，怎麼有空來坐？」

村裡的派出所長得跟城市裡的完全不同，竟然是在一座三合院中。穿著便服的兩名中年男子在庭院中泡茶，一旁還擺著棋盤。其中一名男子看到胡大哥身後幾名學生，不得不站了起來。

「怎麼了嗎？」

「是啊，這麼多人跑來，有事喔？」另一名穿著條紋短褲的男子也從籐製矮凳上起身。

「這位是陳警官，這位是我們的村長，姓朱。」胡大哥說道，「村長，老陳，這幾個大學生昨天上山去了，說在營地附近發現一間小木屋，木屋裡……那個，嗯，木屋裡好像有人上吊。」

「阿胡你是在講笑吧？！山上哪來的小木屋？而且，有人上吊？」陳警官和朱村長互看一眼，大笑不已。

村長完全視爲無稽之談，語氣輕率地說道，「我們村裡最近有人失蹤嗎？沒有嘛，哪有可能！阿胡啊，這幾位同學上山前，你沒有勸過他們嗎？現在是鬼月耶，怎麼會選在這個時候跑到上山去咧？」

「也許去上吊的不是村裡的人啊，也許是專程來這裡自我了結的人啊。」

「開玩笑，阮庄仔頭又不是什麼自殺勝地！」村長不太高興。

「喂，我們可不是在開玩笑！」冬翔說道，「我們一共七個人耶，難道七個人都會看錯嗎？」

「同學，我不是說你們看錯啦……不過，現在這種時機，說不定……嘿嘿，就是那種好兄弟啊、阿飄啊，就是那種『歹咪啊』……那個都是幻覺啦，被迷住了啦，就像電影裡說的啦，啊都嘛是幻覺！」村長說道，「何況山上哪有什麼小木屋？！沒有啦，沒有那種地方啦。」

「幻、幻覺……可是，那地方真的很臭耶……難道那種臭味也是集體幻覺？」慧兒喃喃道。

「要不然，你們要正式報案嗎？報案之後，我們就派人到山上去搜索。」陳警官說道，「你們真的真的確定有看到上吊屍體？」

陳警官接連用了兩次「真的」，看來他也覺得不可能。眾人你看看我，我看看你，一時間誰也不知道該說什麼好。被這樣一連串的問句質詢，大家多少都有點動搖。難道，真的是撞邪了？其實根本什麼事都沒發生，莫非真是如此？

這時胡大哥倒是說話了，「要不然，我上山去看看。」

「阿胡，你要一個人上山啊？不好吧。」陳警官搖搖頭。

「……同學，你們真的在那間木屋裡過了一夜？」村長想了想，「這樣吧，我叫我兒子陪阿胡上山去。」

「那，這段時間我們可不可以先回胡大哥的民宿去休息啊？」奕芳拜託似地說道，「看看我們，又臭又髒，真的快受不了了。」

回到民宿之後，眾人所做的第一件事就是衝進浴室，好好地沖個熱水澡。特別是三名女生，脫掉那些汗水濕了又乾、乾了又濕的衣物後，在握住蓮蓬頭的瞬間，幾乎就快喜極而泣了。

而民宿老闆胡大哥和村長的兒子阿標一起開車到山腳去了。聽說村長兒子阿標三不五時就會和原住民朋友一起上山去打飛鼠，對那附近的路很熟，腳程也比這些體力很遜的大學生們好得多。阿標出發前表示，他並不知道營地附近有木屋，但有可能是因爲他和朋友打飛鼠的路線離營地有點距離，所以才從來都沒發現過。然而胡大哥卻還是放不下心，雖然同學們沒有堅持非報案不可，但事情還是需要釐清。而且，他並不認爲這幾個來自台北的大學生，眞的發生什麼「撞邪」這種沒有科學根據的事。

到了下午，胡大哥和村長兒子阿標回到村裡，在民宿大廳等待結果的同學們，一看到胡大哥走進民宿的尷尬笑容，就知道答案了。

「胡大哥，你們眞的沒找到那間小木屋嗎？」冬翔激動地問。

胡大哥訕訕搖頭，反倒向大家道歉，「不好意思，我不該叫你們去報警的。」

這時村長、陳警官和阿標踏進民宿，村長很得意似地哈哈大笑，「我就說嘛，哪有什麼小木屋！阿胡啊，還虧你是同庄仔頭的人，竟然相信這群小鬼的話。」

冬翔實在受不了村長的嘴臉，怒道，「你在說什麼？胡大哥為什麼不能相信我們的話？還有，你憑什麼叫我們小鬼？」

「好了，冬翔，你少說兩句。」克維鐵青著臉。

「你這個破少年，什麼態度啊？我看你們根本就是閒閒沒事在惡作劇啦！怎樣，被識破就不甘願喔？」村長也變了臉，「好啦，隨便你們愛怎樣，眞正是浪費大家時間。少年仔，勸你們回去台北之後最好去廟裡拜一拜啦！七月半還上山，有影係不知死活！」

村長說完後拉著兒子阿標便離開。陳警官倒沒說什麼，只是問了胡大哥幾句，確認營地附近是不是確實都找過了。胡大哥有點尷尬，但他還是詳細地說明了，在營地周邊都仔細地查看過，那是一棟木屋，不是掉在地上的一根針，比人還高出許多，沒理由看不到。

聽著胡大哥說話，大家不停交換眼色，心中全都浮現同樣的疑問：

難道，我們眞的撞邪了？

搭上末班回台北的火車，車廂裡幾乎沒有其他乘客。回到台北車站時，可能已經接近午夜。

慧兒手上本來捧著一本雜誌，但她心情和大家一樣雜亂無章，根本看不下去。她煩躁地把雜誌塞進座位前的網袋裡，轉頭看著雲珊。

「雲珊。」

「嗯？」

「我還是覺得，小木屋眞的存在。」慧兒神情很堅定，「胡大哥他們雖然沒找到，但不能代表小木屋不存在呀！」

那具吊在半空中的屍體，又衝上雲珊心頭，她雙眉一皺，「慧兒，我不知道。」

坐在前排的家明乾脆直接爬上椅子，對慧兒說道，「我覺得慧兒說得對！沒找到是沒找到，說不定就正好漏掉了。在那種荒山野嶺，這也很難說啊。」

「我的想法跟慧兒還有家明一樣。」啓恆的語氣有些沉重，「只有這樣想，才能解釋這一切。對，我們找到了小木屋，並且在裡面過了一夜，還發現了……發現了一起案件，可是呢，由於當地村民沒辦法在山上找到那棟小木屋，所以無法去深入調查。這就是我的結論。」

奕芳忍不住插嘴，「那我們回去之後，還需要找一天去拜拜嗎？」

「我也不想把事情扯到那方面去。」克維還是一貫冷冷的態度，「反正，我們沒有知情不報，該說的都說了，找不到小木屋和屍體，那是當地警方的事，跟我們無關。」

「最討厭就是那個村長！」冬翔極為不滿，「媽的那是什麼嘴臉啊！還叫我們去拜拜，說什麼七月半不可以上山，裝肖維！」

聽著眾人你一言我一語，雲珊累得無法表示意見。她其實根本不在意到底發生了什麼事，只覺得好累，好累。她想要回家，回到自己的房間，溫軟的大床上，抱著從小就陪著她的白熊布娃娃，好好地睡個覺。當然，她也願意接受慧兒的說法。雖然在旅行中竟然發現屍體，這是十分可怕的事，但如果不堅持木屋的確存在的說法，那就意味著要承認大家全都撞邪了——這豈不是更加可怕？！

雲珊輕輕轉頭，看著走道另一側的啓恆。啓恆神色凝重，眼中透著濃濃的倦意。喔，天哪，這次的旅行到底算什麼……雲珊把心思轉到啓恆身上。她想到啓恆一路揹著慧兒下山的畫面，心中泛起一陣醋意。

雲珊的父親開車到台北車站附近等候她們，並且負責把慧兒和奕芳送回家去，至於男生們則各自解散。好在慧兒和奕芳家都在市中心，並沒有花費太多時間。玉龍年輕時當過警察，一看就知道女兒和同學們玩得並不開心。等到慧兒和奕芳下車後，玉龍才關心地問道，是不是三人在旅行中吵架了。

「沒有吵架，只是很累。」雲珊懨懨地答道。

「只是太累，沒有別的？」蕭玉龍不信，說道，「雲珊啊，到底發生什麼事了？有事不可以瞞著爸爸啊。」

「……可是，我……」這話一出口，就等於承認了眞的有什麼事發生。雲珊嘆口氣，想了想，最後決定鼓起勇氣，說道，「我們最後一個行程是去山上野營。」

「嗯，然後呢？」

「後來，天氣轉壞，我們就四處找尋，有沒有那種給登山客躲避風雨的小屋還是休息站……反正，有兩位學長找到了一間小木屋，很破舊的那種，我們就在小木屋裡過夜。然後，今天一早起來，就有人說要打開木屋裡的房間看看，可是……爸，你不可以不相信我，也不可以笑我喔！」

玉龍一笑，「怎麼會呢？爸爸在聽，繼續說。」

「小木屋的房間裡，有人上吊死在那裡。」雲珊感覺到自己聲音發顫，她忍不住又想起了那時的情景，她努力克制不要反胃，試圖平靜地說下去，「所以我們大家就趕緊下山，並且去村裡的派出所說明。」

聽到這裡，玉龍的笑容逐漸消失，「然後怎麼樣？警方怎麼處理？」

「當地人說，山上根本就沒有什麼小木屋，當然也不可能有屍體。村長說是我們不好，鬼月還上山露營，所以根本就是撞邪了。後來有人上山去找，回來之後也說，並沒有發現什麼木屋。」

「……你們七個人，全都在木屋過夜？而且還一起發現了木屋房間裡的上吊屍體？」玉龍沉思著，「不太可能是弄錯，大概是上山的人沒仔細找，所以才沒找到吧。」

「現在也只好這麼想……」

玉龍空出手，捏了下雲珊的臉，「乖女兒，嚇到了吧？別擔心，明天叫媽媽陪妳去龍山寺拜拜，收個驚好了。」

雖然是沒什麼建設性的提議，可是父親的話還是讓雲珊感到安心不少。至少父親沒有駁斥她胡說八道，也沒有覺得他們全都被鬼迷了。而且，有父親在，雲珊根本就沒什麼好害怕的，不是嗎？

「什麼？」黛音聞言猛地轉身，她吃驚地望著丈夫，「你剛剛說什麼？」

「我說，雲珊遇到了麻煩的事，妳明天帶她去廟裡走一走吧。雖然我不相信這些神鬼之說，可是我怕雲珊心裡不舒服，帶她去拜拜，或許可以讓她安心一點。」

黛音停下手邊的事，柳眉微皺，「難怪她看起來這麼沒精神。到底是什麼事啊？」

「說是去山上露營，發現了一棟小木屋，第二天早上才知道小木屋裡有人上吊，下山後去報警，當地人又說山上找不到什麼小木屋啊，說是雲珊他們碰上了好兄弟。」玉龍在扶手椅上坐了下來，「我叫雲珊洗個澡去睡覺，別胡思亂想了。」

「發現了屍體？」黛音感到毛骨悚然，「雲珊的爸，你知道她們是去哪兒玩嗎？看你的樣子，好像還不知道。」

玉龍聞言先是一愣，他端詳著黛音的表情，半晌，才說道，「不會是那裡吧？」

「就是那裡。」

玉龍臉色變得十分難看，「妳既然知道，就別讓她去嘛！」

「我也是答應之後才知道他們的行程有到那裡啊。而且，實在沒理由不讓她去。雲珊的爸，我們女兒很聰明的，如果刻意阻止，她一定會覺得不對勁。」

妻子的話在玉龍耳邊迴響著。此刻他感到背部冒出陣陣冷汗——他想起和黛音結婚之前的老家，那個落後又人煙稀少的村落，破落的三合院，對開的深紅色大門，院子裡好幾盆說不出名字的盆栽，細碎的葉子泛著難看的黃綠色。天知道他是多麼想逃離那裡，那個家！所以當他一考上警職，便要求調到離家愈遠愈好的地方……

人的一生，或多或少都有些不願提起的過往，即使像是如此美滿幸福的一家人，也曾經有過一些不堪回首的往事，一些難堪醜陋的秘密。黛音在玉龍的對面坐了下來，她不確定自己剛剛是否不該提起關於那個村子的事。雖然那是一段不怎麼愉快的回憶，其中也的確夾雜著一些痛苦，然而事過境遷已經二十年了，也許，到了該放下的時候……

「我說，雲珊的爸，」黛音硬著頭皮開口，「這麼多年來，都沒有……都沒有那孩子的消息嗎？」

原本端起茶杯的玉龍，眼神閃過一絲不悅，但口氣仍平和，「什麼孩子，我就只有雲珊一個孩子。黛音，妳別忘了，這裡是我們三個人的家，妳想讓雲珊聽到這些話嗎？」

黛音嘆口氣，沒辦法反駁。過去就讓它過去。好像，眞的只能這樣……那是個傷疤，算了，也許她該學學雲珊父親的堅持，把那段日子從記憶裡狠狠抹去，即使抹出血來，也非得如此。

第三章 扶乩

夜裡，雲珊果然做了惡夢。夢境裡有個看不清樣貌的年輕男人，他追打著一名美麗女子，那男人似乎恨極了女子，抓住她的長髮，拳頭就這樣重重擂下。早上醒來時，雲珊嘴角不自覺地浮起苦笑，她不知道該慶幸還是該抱怨——慶幸沒夢到那令人害怕，吊在半空中的屍體，或者抱怨爲什麼是如此殘忍的一場夢。

梳洗完畢，雲珊拖著腳步走到飯廳，母親正巧從廚房走出，向雲珊張開雙臂。「昨晚睡得好嗎？」

「還好。」雲珊懶懶地回應，她聞著媽媽身上熟悉的香味，忽然想撒嬌，「媽媽，我第一次獨自出門這麼多天，有沒有想我啊？」

黛音慈祥地笑著，「想！當然想。我和妳爸爸一到晚上，就覺得家裡好空蕩，度日如年啊。」

雲珊緊緊抱住母親，「媽，昨天——爸有沒有告訴妳，我跟同學在鄉下發生的事？」

「當然有。」黛音輕撫女兒的背，「妳爸爸千叮嚀萬囑咐，要我今天帶妳去廟裡走走，反正，求個心安嘛。怎麼樣，跟媽媽一起去吧？」

「嗯，好啊。」雖然答應了，但雲珊眼睛一閉上，就立刻看到那被層層黑髮包覆的屍體，她不禁打個寒顫。

黛音清楚地感覺到雲珊的顫抖，她心疼極了。考上大學的暑假，本來應該好好玩樂的，怎麼會遇到這種怪事呢？

「雲珊啊，做點其他事轉移注意力吧。」黛音說道，「久了就會忘記的。」

雲珊點點頭，動作卻小得看不清，「應該吧。」

香火鼎盛的艋舺龍山寺坐落在萬華區，是台北市發源地，附近十分熱鬧。大約在清代，來台的漢人恭請故鄉福建晉江安海鄉之觀世音菩薩分靈來此祭祀，至今仍是台北市最重要的宗教重鎮之一。

蕭家人平時沒有特別宗教信仰，家裡也沒供奉祖先牌位。一走進香煙繚繞的龍山寺，雲珊這才忽然好奇，爲什麼家裡竟然連祖先牌位都沒有呢。既然父親和母親都贊成她該來廟裡祭祀，求個平安，可見得父母並非那種極端的無神論者，也不是因爲信奉西方宗教而禁止供奉祖先——到底爲什麼家裡沒有祖先牌位呢？雲珊思考著。而這個問題又衍生出另一個問題，那就是雲珊從來就不知道自己的爺爺奶奶是怎樣的人。小時候，在寫家庭調查表時，有時會要求寫上祖父母的名字，因此雲珊曾經問過父親，父親也告訴她爺爺奶奶的名字，並說他們在多年前就過世了。可是，雲珊從來沒見過父母祭拜祖父母，或者清明掃墓，更誇張的是，家裡竟連一張爺爺奶奶的照片都沒有。父親和母親是喜歡拍照保留回憶的人，從雲珊一出生就常常爲她拍照，就連雲珊穿上私立小學制服的第一天，父親也都爲她拍照留念。相對而言，其他家族或親戚的照片卻一張都沒有。感覺上，父親和母親在相識、結婚以前的過去，根本就是一片刻意的空白。

「雲珊啊！妳在發什麼呆？」黛音不知何時已買好了香燭，她看見雲珊正對著寺埕側面那座淨心瀑布發呆。

「喔！媽。」雲珊笑笑，「沒什麼，我好久沒來龍山寺了。上次來是因爲要寫古蹟參訪報告才跟同學一起來的。」

「是嘛，我也記得好像沒跟妳一起來過龍山寺。這是第一次吧。」

「媽，妳跟爸是不是很討厭這些傳統的……呃，該怎麼說呢……像是愼終追遠啊，還有其他的宗教活動啊？」

「不會啊。我和妳爸都不討厭這些，只是沒有特別注意就是了。」黛音隨口答道，神情自若。

雲珊想想也對，沒有祭祀祖先也不是什麼了不起的大事，現代社會裡，本來就有很多像這樣的家庭，家裡沒有神龕供桌，也沒有宗教信仰。她突然覺得自己想太多了。關於家族的過去，其實根本沒什麼。父母都是獨生子女，當然也就沒有其他親戚嘛。

雲珊嘲笑著自己那多疑的心，但也同時鬆一口氣——似乎，來一趟龍山寺是正確的選擇，她感到平靜許多。嗅聞著焚香和金爐散發出來的薰煙，看著那薄薄的白色煙霧，雲珊很訝異這些竟然能如此撫慰她不安恐懼的心。

在三川殿前又站了一會，正當雲珊和黛音要走進龍門之時，忽然有人叫住雲珊。雲珊回頭，原本還算不錯的心情，在刹那間又跌回谷底。

「雲珊！這麼巧！」慧兒和啓恆、克維三人正好從虎門走出，看來已經祭拜完了。

「雲珊，妳朋友啊？」黛音問道。

「我來介紹，這是我們系上同學嚴慧兒，這位是大三的葉啓恆學長，還有李克維學長。這位是家母。」

「伯母好。」

「你們好。你們也是來拜拜的？」黛音含笑問道。

「是的，我和克維一早就來了，結果在寺前竟然遇到了慧兒，就一起進去參拜。」啓恆答道。

雖然說是巧遇，可是雲珊一點也不想看到慧兒和啓恆並肩而立，她努力擠出笑容，說道，「我們正要開始參拜呢……」

「喔喔，那快進去吧。伯母，我們就先走了。」克維恭敬有禮地說道，「伯母再見。」

「好，再見。」黛音覺得這三個孩子看起來都挺正派，家教也都不錯。

雲珊不想讓媽媽看出自己失落的表情，於是便故作輕鬆地扯開話題，「媽，龍山寺供奉很多神明耶，到底要從哪位神明開始祭拜呢？」

「呵呵，問得眞好。其實媽媽我也不太確定呢。」黛音沒察覺雲珊有什麼異樣，說道，「不過，媽媽倒是沒想到，現在的年輕人也會到廟裡來上香，眞難得。」

雲珊苦笑，「大家還不都是臨時抱佛腳……唉，慧兒還有那兩位學長，也有參加這次的旅行。」

黛音這下完全明白了，她安慰地拍拍雲珊，「妳看，他們祭拜過後不是看起來就挺好的嗎？氣色都不錯啊，對吧？」

「嗯，是沒錯。」

「我們雲珊也沒問題，神明會保佑我們雲珊的。來，我們走吧。」

即便並非假日，寺裡依舊香客眾多，另外也有不少觀光客在寺內參觀。點香後雲珊跟著母親逐一參拜眾神明，祈求平安順遂。雲珊望著正殿中觀世音菩薩莊嚴法相，她閉上眼衷心祈禱著。其實雲珊沒有什麼明確的願望，她只想要擺脫自那時開始就深植於心中的恐懼，她很怕那時在小木屋親眼所見的光景像幽魂般如影隨形，不停地在她心中徘徊不散。

啓恆、克維和慧兒三人走出龍山寺後，便到了附近的連鎖咖啡店。咖啡店裡客人不少，有點吵雜。啓恆端來了三杯冰拿鐵，在圓桌前坐下。

「學妹，妳的拿鐵。」啓恆將咖啡和吸管一起遞給慧兒。

慧兒笑笑接過，說道，「今天眞的好巧，先是碰到學長，然後又碰到雲珊。」

「雲珊學妹的媽媽原來還這麼年輕啊，很有氣質哩。」克維一面拆開吸管紙套，一面說道，「看樣子，雲珊學妹也受到了不小的刺激，才會來拜拜。」

「雲珊雲珊，克維學長，你都不關心人家，只關心雲珊。」慧兒假裝不滿。

「慧兒學妹，妳還需要我關心嗎？有我們中文系第一才子葉啓恆當妳的護花使者不就夠了，妳還有什麼不滿意的？」

「喂，李克維，你不要亂講話。」啓恆推推克維，雙頰頓時通紅。

慧兒吃吃笑著，「啓恆學長，你現在的意思是，不想當我的護花使者囉？」

「不，不！我不是這個意思，這是我的榮幸——不，這樣說也不對，哈哈，我也不知道自己在說什麼。」啓恆其實不否認對慧兒有好感，可是他本來就是走溫和路線的，換句話說，就是一點都不積極。

「如果啓恆和慧兒成了系對，那不知道有多少人傷心流淚哩。」克維嘿嘿笑著。

「噗。克維學長，你是不是知道有很多人暗戀啓恆學長啊？」

克維點頭，「那當然，身高一七五，個性體貼，文筆好，長相帥，系上誰不爲我們葉兄瘋狂啊？」

「李克維你眞的是很愛胡說八道耶！」啓恆苦笑，決定換個話題，「對了，學妹，昨天晚上應該睡得不錯吧？」

慧兒答道，「是還可以啦，可是做了惡夢，所以今天一早才跑來拜拜。還是毛毛的，覺得不太舒服。」克維和啓恆臉色微變，慧兒機靈地反問，「學長，你們這是什麼表情啊？我說錯了什麼嗎？」

「不，倒不是妳說錯了什麼……只是，我跟啓恆今天早上通電話時，也有提到，我們昨天晚上也都做惡夢了。不蓋妳，而且是一樣的夢。」

「你們做了一樣的夢？」慧兒嚇出一身冷汗，她急忙說道，「那，你們把夢境告訴我，看看跟我的夢一不一樣。」

啓恆和克維一起點頭，啓恆緩緩說道，「我夢到一個看不清臉的年輕男人，他在追打一個漂亮女人，那女人大約三十歲左右，穿著花裙子，滿漂亮的。可是很奇怪，夢裡的女人沒有反抗也沒有尖叫，只是哭，但偶爾又大笑。那男人好像很恨她，一直拉住她的頭髮往後扯……而且，好像就發生在那座小木屋裡。」

慧兒用手指玩著吸管，她先是低下頭，後來再度抬頭注視著啓恆和克維。「……夢裡的女人，是不是穿著一件白底，上面印著淡黃色花樣的裙子？」

「喔，我的天哪。」克維喃喃低語，「妳也夢到了。」

啓恆追問，「慧兒，妳的夢眞的和我們的一樣嗎？一模一樣？」

慧兒無力地點點頭，靠向椅背，「怎麼辦，我覺得好可怕……爲什麼會發生這種事？！」

「其他四個人……不知道有沒有同樣的情況。」啓恆思索著，他徵求慧兒和克維的意見，「你們覺得，要和其他人談談這件事嗎？」

克維用手掌托住臉，「你們想想，如果我們今天完全沒有談到昨晚做夢的事，就不會知道對方也做了同樣的夢；不知道對方做了同樣的夢，當然也就不會在意那個夢，更加不會意識到這是件可怕的事，對吧？」

啓恆不置可否，「你的意思是，如果其他四個人都不知道，也未嘗不是件好事？」

克維喝了口咖啡，咂咂舌，「不然，你覺得七個人發現大家都做了一樣的惡夢，這樣會比較開心嗎？不可能嘛，大家只會愈來愈害怕，七個人做一樣的夢耶，聽起來好像沒什麼嘛，但這種機率在現實中到底有多低，恐懼的程度就會恰好呈反比，變得異常的高。」

慧兒雙手抱胸，自嘲地笑著，「……早知道，就不問你們做了什麼夢。說眞的，現在我好奇的是，接下來……接下來到底會發生什麼事。」

「還會發生什麼事？都已經好好地向神明祈求平安了！如果夢境是好兄弟作崇的話，理論上神明會庇佑我們才對，何況我們又沒做什麼壞事。」克維說著，露出無奈表情，「雖然我平常不相信鬼神之說，可是遇上這種科學無法解釋的事，也只好寄託神靈了。」

「希望所有事到此爲止。」啓恆下了結論。

慧兒眨眨眼，「希望如此！」

慧兒一句希望如此，讓啓恆和克維不知該如何回應。的確，他們現在什麼都做不了，只能指望那些「無法用科學解釋的存在」不要跟著他們，能夠早點安息，或者回歸到「該去的地方」。

此時，慧兒的思緒已飄得極遠。她沉思著。今天晚上，說不定就是關鍵喔。慧兒心想。如果能一夜好眠，應該就能忘掉這些事了。反之，那個惡夢若是再度出現——慧兒實在不敢想下去。

「對了，我想去扶乩！」慧兒忽然說道。

「扶乩？妳說的，就是電影裡面那種前面擺盤沙，然後拿著一個T字形竹筒在沙上亂畫，然後另一個人會看得懂，說出神明解釋的那種嗎？」克維問道。

「……被學長你這麼一形容，感覺整個遜掉了……不過你說得沒錯，就是那個。」慧兒答道。

克維說道，「可是，龍山寺裡也沒看到幫人扶乩的阿婆啊。感覺上扶乩的阿婆長得都很像香港鬼片裡的那個龍婆。」

「龍山寺當然沒有幫人扶乩的啊。我是忽然想起，我阿姨常常去問事的地方。放榜前我阿姨還帶我媽跟我去過呢，覺得滿準的。」

啓恆毫不遲疑，「我想去。克維，你呢？」

「我是沒差啦。」克維聳聳肩，「扶乩的地方在哪？」

「就在重慶南路！」慧兒答道。

重慶南路三段靠近中正橋側，和一段、二段的書卷氣完全不同，這裡鄰近舊貨街，也幾乎被同化了。店面商家幾乎全都佔用了騎樓，把不知道從哪購入，從何賣起的各式中古家具、家電和生財器具堆得到處都是，不容行人走過。這裡的建築物大多都老舊不堪，未經規劃，雜亂無章。看起來，宛若貧民區。

搭公車到了「自強市場」站，那是許多線公車在台北市的最後一站，接著就會駛上中正橋前往永和。慧兒帶著兩位學長來到的是台北市的邊陲，只有老台北人才知道的舊區塊。下了公車後，走進小巷底，會看到另一條幾乎沒有行人來往的長巷，站在巷口就能看到好幾盞紅色燈籠。現在是白天，沒亮，但可以想像，在天色暗後，那幾盞紅燈籠會飄忽出多異樣的幽然赤光。

紅燈籠的盡頭懸掛著「慈祐宮」的牌匾。

台灣有個十分趣味的現象，許多人在自家門口掛上牌匾和燈籠，命名爲某某宮，然後打開大門，設置香爐，本是住家客廳的地方擺上供桌，請來神明，即爲一座自家經營的廟宇。有時則開設精舍或佛堂，不一而足。

「就是這裡啊？」克維張望，不太相信，「會準嗎？這種家庭式的某某宮全台北市不知道有多少……若是有靈驗的話，信徒早就捐錢蓋大廟了吧？」

慧兒不疾不徐地答道，「其他人我是不知道，就我們家的經驗來說，還算是滿準的。反正扶乩問事只要五十元銅板一枚當作香油錢，就算被騙也無妨吧？」

「被騙當然是沒差，但若是聽到了壞消息，這樣多難過啊。」克維不知為何，就是不大想進去，但他遲疑了一會兒，還是笑了開來，「算了，來都來了……走，我們進去吧。」

慧兒和啓恆率先走進窄巷，克維默默跟在兩人身後。一進巷子，就聞到了濃濃的焚香味。和龍山寺有點不同，這裡似乎還夾雜著檀香油的氣味，十分濃烈。慈祐宮不過就是一戶民家改建而成——說是改建還太誇張了，不過是把大門改成兩扇對開的紅色鐵門罷了。大廳裡很暗，只有供桌上一對大紅燭亮著。案上供著媽祖，但是怎麼看，都覺得這裡供桌陳設看起來不太對勁。但眾人對民俗傳統毫無研究，也不知哪裡有異。

慧兒踏進廳內，雙手合十先向媽祖一拜，不久後，在供桌旁的紅布後傳來陣陣腳步聲，人未至燈先亮，一隻老朽枯黃的手按下電燈開關，白慘慘的日光燈閃了幾下就終於全部亮起。這讓雙眼已適應黑暗的眾人一時間感到有點刺目。

紅布後的老人沒走出來，隔著布帘問道，「來問事的？」聽聲音是個操著台語的老阿伯。

慧兒趕緊答道，「是！」

「姊啊！問事啦！」老阿伯扯開嗓子，一手掀起紅布帘，步履蹣跚地現身。

老阿伯滿頭銀絲，髮量稀疏，身形瘦削，穿著白汗衫、短褲和夾腳藍白拖，他臉上長滿老人斑，下巴上有塊黑痣，宛如拇指指甲般大小。乍看之下，這樣的老阿伯在清晨的公園裡可以常常看到，一抓就是一大把，毫無特色。唯一和他瘦弱體魄不搭的，就是喊人時的大嗓門。

老伯走到供桌前，隨手抓了三支香，用燭火點燃後拜了幾拜，再插進香爐之中。之後，他轉身看看慧兒，又打量了克維和啓恆。

「我認得妳，之前有來過喔？跟長輩作陣來的？」老阿伯對慧兒說道，「今天怎麼自己跑來了？」

慧兒恭恭敬敬地說道，「這兩位是我學長，我們有事想請示。」

老阿伯又看了克維和啓恆一眼，忽然搖搖頭，「七月半還亂跑，你們這些囡仔，實在是太愛企逃。」

阿伯此話一出，慧兒三人不禁臉色丕變，慧兒咬唇，克維急急開口，「阿伯，你在說什麼？」

「我在說，你們沒事幹嘛亂跑。」阿伯改口說著國語。

這時，紅布帘後走出一名老阿婆，她看起來和阿伯年紀相近，但身材完全不同，胖胖的，穿件藍花洋裝，頭髮在腦後綁成髻。阿婆的腿腳似乎不太靈活，走路挺慢，拖鞋不停發出啪啪的聲響。她走進廳內，和阿伯一樣先上香之後，才轉身看著眾人。

「問事啊？」一樣說著閩南語，阿婆沒寒暄，馬上開始發號施令，聲音如同打雷似地響亮威武，讓人不敢有絲毫懷疑。

「男左女右站成一排，來，」她把整包香拿到大家面前，「一人三支。」

「喔！」慧兒、克維和啓恆沒敢遲疑，連忙抽出香來。

「點香。」阿婆一說，動作十分熟練的阿伯，就把案頭的大紅燭拿來，逐一替眾人點上香。

「好，先跟媽祖婆上個香，在心裡默唸你們的出生年月日和姓名。」阿婆改口說國語後，語調有些滑稽。

拜了幾拜之後，阿伯負責取走三人的香，插進香爐之中。接著他便轉身掀起紅布帘，走進內室去了。

阿婆問道，「你們三個是要一起問？」

「是啊，其實是這樣的，我們前幾天——」啓恆正想說明要問的問題，但阿婆伸手做出「你踮踮」的手勢。

「要問什麼，你們自己在心裡想好就可以了，不必告訴我！」阿婆充滿了氣魄，她目光炯炯，續道，「看也知道你們一定是出去玩，遇到好兄弟了。不過沒關係，我待會來請示媽祖，看是要怎樣化解。」

克維拉了拉慧兒，盡可能壓低聲音，「妳……應該沒跟其他人提過吧？怎麼感覺那個老阿伯和阿婆都知道我們遇到的事啊？」

「我根本沒講，連我老爸老媽都不知道！」慧兒正色，「不要吵，等問完再說啦！」

阿婆老歸老，但聽力似乎還很不錯，她走近克維，以戲謔的口吻說道，「少年仔，這個喔，叫作靈感啦。不是有個演電影的香港人叫周星馳嗎？就跟他的天眼通一樣，這個喔，是天生的啦。」

「呃，阿婆——」啓恆忍不住開口。

「我係宮主，啥咪阿婆？！」阿婆要求正名。

「是啦，宮主，那個，天眼通不是啦，那個是電影，不是眞的啦！」啓恆說道。

「啥？那個不是喔？」阿婆有些失望的樣子，「我還想說，那個姓周的功力也不錯……若是來做阮一途，一定足合。」

「姊啊，筆墨攏傳好啊。」老阿伯這次捧著文房四寶，緩緩走來。

「嗯，有五十元銅板沒？」阿婆說道，「一個就好，投進供桌前的香油箱。」

「我有！」慧兒連忙從錢包裡拿出一枚五十元銅板，趨前投至箱裡。

「好，你們三個，在旁邊站成一排，雙手要合十，從現在開始不能說話。最好是可以心無雜念啦，不過不行就算了。」阿婆喃喃道，「反正也沒幾個人眞正做得到。」

阿婆在供桌前慢慢跪下，膝蓋下沒有任何墊子，她雙手合十喃喃祈禱，然後拿起筊杯連擲三次。三次都是聖筊，看來媽祖婆願意開示。阿婆很努力地扶著桌緣站起，這時阿伯不知從哪裡拿出一盤細沙，一柄綁著紅布條的木方。沙盤就放在供桌上，阿婆把木方上的紅布拆開，將木方高舉過頭，又唸了幾句聽不清的話，這才開始問事。

尖筆在沙上飛舞極快，阿婆如被附體般搖頭晃腦，不知是木方帶領她的雙手，還是她的雙手控制木方移動。似乎尖筆在沙上寫著字，阿伯在一旁，似乎聽懂阿婆的低語，用毛筆蘸墨，在紙上快速寫下一個個讀懂的字。

鬼、月、開、索、冤、債、汝、小、兒、最、不、該、驚、鬼、神、惹、劫、災、猛、鬼、咒、屬、因、果、報、應、到、死、臨、頭、子、

女、擔、父、母、錯、鬼、纏、身、有、大、禍、恨、索、命、關、難、過

雲珊才一上線，就收到奕芳傳來的離線訊息，她問雲珊要不要一起去行天宮上香求個平安。雲珊苦笑著回覆奕芳，說自己已經和母親一塊去過龍山寺了，還遇見了慧兒和啓恆他們。慧兒，慧兒……

雲珊把目光從電腦螢幕移開，她的書桌上有面小鏡子。雲珊拿起鏡子仔細端詳，學著無名小站裡的人氣美女嘟起嘴。她不是自戀，也不是驕傲，自己確實長得不錯啊。娃娃般的大眼睛和長長的睫毛，鼻子不高但小巧宜人。從小到大，見過她的人都說她長得很甜，從國中開始，她收到的情書從沒少過。理論上，雲珊的確長得十分漂亮，可是，爲什麼啓恆學長總是沒多看她一眼呢？

是因爲慧兒的關係嗎？得了吧，一起出遊的三個女生裡，慧兒是最平凡的，就連奕芳也長得比慧兒可愛多了。雲珊想著，不太甘願。但她不是

那種積極的類型，從以前到現在，只有接受追求的份，從來就不曾主動出擊。雲珊把玩著鏡子，有些迷惘，她問自己到底有多喜歡葉啓恆——不過就是在迎新茶會上見了一面，談了幾句話，可是竟願意爲了多一點和他相處的機會，還毅然參加了這次的旅行——若是當初不那麼執著，也許今天就不會有那麼多的煩惱吧。

鏡子閃著微弱的銀色光芒，雲珊可以從鏡子看到身後的衣櫥。不知爲何，衣櫥的門沒關好，微微敞開，一件裙子似乎從衣架上掉下，垂掛著。雲珊從書桌前起身，緩緩走到衣櫥前。那是件白底黃花的裙子——就在雲珊想不起自己何時買過這種老土花樣時，她不由得發出驚恐無比的慘叫，並且重重跌坐在地板上。

衣櫥裡有一隻眼睛在看她。

扶乩終了，阿婆極喘，阿伯看著紙上的字，忽然拿筆的手一抖，墨汁滴落紙上。阿伯轉頭，問道，「妳要看嗎？」

阿婆搖手，還在喘，過了好一會兒，才說道，「平常也沒在看。」

「結果出來了嗎？」克維問道。

慧兒點頭，「阿伯手上的紙就是結果，等一下他會再擲三次筊，都是聖筊的話，就會給我們看了。」

「不知道結果是什麼，好期待喔。」克維雙手插進口袋，對啓恆笑道。

「是喔，可是我還滿緊張的耶。」啓恆答道。

然而慧兒沒理會兩人。

慧兒瞧見老阿伯困惑又驚疑的表情，她心頭一顫。慧兒不是第一次來，她知道那是什麼預兆。想也知道絕非好事。她暗自深呼吸一口，突然在吐氣時覺得胸有點悶。

阿婆重新跪下，磕頭後開始擲筊。很順利獲得三個聖筊。她非常吃力地站直身體，指揮著阿伯，「好了，拿給他們吧。」

阿伯額上滲著汗，他目光巡過三人的臉，想了想，把寫了字的紙遞給了慧兒。他想開口，但不知為何又緊緊閉上嘴。

紙上的墨還未全乾呢。

慧兒辨認著龍飛鳳舞的揮毫，逐字唸出：「鬼、月、開、索、冤、債、汝、小、兒、最、不、該、驚、鬼、神、惹、劫、災、猛、鬼、咒、屬、因、果、報、應、到、死、臨、頭、子、女、擔、父、母、錯、鬼、纏、身、有、大、禍、恨、索、命、關、難、過」

「什麼？妳在說什麼？」克維一把搶過扶乩的結果，中文系學生別的不見得擅長，但重新斷句的功力還是有的。克維開始冒冷汗，過了幾秒，他唸道：「鬼月開，索冤債，汝小兒，最不該，驚鬼神，惹劫災，猛鬼咒，屬因果，報應到，死臨頭，子女擔，父母錯，鬼纏身，有大禍，恨索命，關難過……」

除了慧兒和啓恆，就連剛剛扶乩的阿婆，臉色也在瞬間變得鐵青。阿婆本來已找了張椅子坐下，現在她突然站起，怔怔地看著媽祖神像。負責解讀的阿伯撫著胸口，似乎想對慧兒一行人說些安慰的話，但他解讀的是神明旨意，總不能又說，「其實扶乩也不是很靈驗。」這種話吧。

「阿婆……」慧兒感到一陣暈，她扶牆，這時廳裡那股檀香味讓她反胃。慧兒努力睜大眼，「我們，怎麼辦？」

阿婆似乎把身體重量全都放在撐在供桌上的雙手。她眼神帶著遺憾，看看慧兒，又看看面色如土的啓恆和克維。

「金水啊，」阿婆用力吞了口口水，「去把抽屜裡的那個拿來。」

「好、好。」老阿伯連忙衝進內室。

不一會兒，老阿伯便捧著一只貼上紅紙的木匣回來。克維盯著那只匣子，說不定這就是傳說中的救命靈符還是什麼的。他媽的，一定要是！老阿伯恭敬地把年代久遠的木匣放在供桌上，眾人本想開口問，但誰都發不出聲。

阿婆用枯黃如鳥爪的手指輕輕觸碰了木匣上的紅紙，緩緩說道，「你們是在哪裡發生那些事的？」

「在台東鄉下，我們去住溫泉民宿，後來上山去，在一棟木屋裡……」啓恆感到一股寒意，於是停住。

阿婆點頭，嘆口氣，「我也幫不了你們什麼……這盒子裡裝的是從湄洲媽祖的祖廟求回來的平安符，經過很多儀式祝禱。可是，就只有一道，你們卻有三個人……」

克維哼了一聲，把那張沾滿墨漬的紙塞給啓恆，「算了！這一切太可笑了！」

「克維！」啓恆怕他說出什麼不敬的話，想阻止克維。

「哎呀，你不要那種表情！就在一分鐘之前，我還在盼望說那個匣子裡裝了什麼可以救命的東西，但仔細想想這一切都太扯了！我是說，我們到底在幹嘛？有必要搞成這麼嚴重嗎？那個什麼扶乩——我、我不想相信！」克維激動地大聲叫道，「好，就算扶乩是眞的，而且平安符也有效，可是阿婆——不止我們三個人耶，我們，是七個人一起上山的！」

「媽！媽！」雲珊大哭，瘋狂叫著，雙眼直勾勾地和衣櫥暗處那隻眼睛對看。雲珊強烈地感受到那隻眼睛的目光夾著濃濃怨恨，她再度發出淒厲的叫喊，「媽！妳在哪裡？！」

「雲珊！」

黛音聽到女兒叫喊馬上衝進房裡，只見雲珊坐在地上大哭，房內毫無異樣。黛音連忙蹲下，本能地抱住雲珊。雲珊從來不曾發生過這種情況，也不曾這樣一面顫抖一面緊緊抱住她。

「雲珊，妳冷靜點！怎麼了，發生什麼事？」

「媽，妳、妳沒看到嗎？衣櫥、衣櫥！」

黛音回頭看向衣櫥，不解，「衣櫥怎麼了嗎？」

「衣櫥裡……衣櫥裡有隻眼睛，在看我……」雲珊驚叫著，「媽，媽！衣櫥裡有眼睛！」

「雲珊，雲珊，乖女兒，妳冷靜點，別哭了！妳看，衣櫥沒問題啊，衣櫥的門關得緊緊的，什麼事都沒有！」黛音提高了音量，「雲珊，別哭，妳一定是太累了，沒事的，衣櫥很好，所有東西都很好。來，媽陪妳去洗把臉，我們到客廳坐。嗯？」

雲珊用力地搖晃母親的手，「不是的！衣櫥裡有件奇怪的裙子，裡面一定有東西！」

「可是妳看，衣櫥的門不是關得好好的嗎？」黛音溫柔地說道，「不怕，不怕喔，沒事的，乖，有媽媽在啊！」

雲珊用手背抹去眼淚，她再度看向衣櫥——門關著。

當然，也就沒有那件白底黃花的裙子。

沒有那隻目光怨毒的眼睛。

什麼，都沒有。

第四章

七個人

「妳說什麼?!」玉龍猛地轉身,「雲珊怎麼了?」

黛音坐在扶手椅上,用手支額,「她說,在她的衣櫥裡,有隻眼睛看著她。」

「……又不是小孩了,怎麼會……」玉龍皺眉,「是不是那時看到屍體的後遺症?看來,可能要去心理治療了。」

「雲珊的爸,我真的被她嚇到了。搞得我也覺得很恐怖。」黛音說道,「上午才去進香參拜,一回來就發生這種事,實在讓人發毛。」

玉龍不情願地點點頭,但此刻,他忽然想通了,把所有事全都串連在一起。雲珊說,山上的木屋裡有吊死的屍首!而黛音告訴他,雲珊和同學一起去的地方,就是他的故鄉東鶴村——這麼說來——雲珊一行人所發現的,就是她!

「雲珊的爸!」黛音驚呼。

她不知道丈夫怎麼了,竟徒手捏碎茶杯,茶汁和碎片亂濺,而丈夫的手也被割傷,鮮血很快就滴到地上。

黛音急忙抓了面紙想要止血，然而玉龍只是臉色慘白地不停搖頭，嘴裡喃喃自語，連續不停地低低重複著。黛音聽了好一陣子，才知道玉龍嘴裡含糊不清的話是：不可能。

不可能不可能不可能不可能不可能不可能不可能不可能不可能不可能不可能不可能不可能不可能——

怎麼可能？！玉龍腦海裡亂竄著當年的破碎畫面，已經事隔那麼多年……除了偶爾幾場惡夢之外，他幾乎眞的以爲自己的過去是一片空白，爲什麼又偏偏在此時舊事重提？！如果眞和她有關，爲什麼事隔這麼久才翻起舊帳？

「雲珊的爸，老公！你的手還在滴血！讓我看看。」

「妳別管。」他心煩極了，沒時間理會這些。她的笑聲突然像是錐子般狠狠刺進他的耳膜！

玉龍不理會黛音，逕自走進浴室中。他打開水龍頭，讓清水沖洗傷口。痛，但肉體上的痛算不了什麼。聽著水聲，玉龍清醒不少，就在此時他想到一件極爲重要的事。

雲珊和同學如果發現的就是那座小木屋，那具吊死的屍體自然就是她了。可是，屋裡應該還有另一具屍首才對！第二具屍首呢？到哪去了？該死，媽的！他用另一隻手敲著洗臉盆，咆哮著。

「什麼？！七個人——」阿婆皺眉，臉色變得極爲難看，「其他四個人咧？」

「我們三個人其實只是不小心聊起了這件事，所以才過來的。其他四個人的情況我們也不是很清楚。」啓恆無奈。

「不過，看媽祖婆的指示，你們幾個人其中啊，應該有人的父母跟這次遇到的事有關連才對。」阿婆拿過寫著扶乩結果的白紙，她瞇著眼看了好一會兒，「猛鬼咒，屬因果，報應到，死臨頭，子女擔，父母錯——按字面看來，是屬因果循環才會這樣的。」

「可是，難道要回去問爸媽說有沒有做過虧心事嗎？」克維啼笑皆非，「坦白說我媽是基督徒，問她這個會被揍吧。」

此話一出，眾人原本沉重的臉色都閃過一絲笑。

慧兒想了想，「阿婆，那個平安符就不用了，這麼貴重，妳收著吧。我看，我們還是先聯絡其他同學再說好了。」

阿婆有點同情似地點點頭，「……也是啦。不然你們先回去好了。」

她又看了眼木匣子，想了想，還是撕開紅色封條，打開木匣。木匣裡襯著黃絲布，中間放著只看起來像是掛在車上的普通平安符。阿婆把平安符拿出來，向神祖像拜了拜，轉身交給慧兒。

「阿婆……」慧兒雙手接過，不知說什麼才好。

「這個喔，一直放在抽屜也沒用啊。我們有緣，妳就拿去。就連洗澡也不要離身。」阿婆囑咐。

「謝謝。」慧兒雙手合十拜謝。

這時阿婆使了個眼色，老阿伯又進去內室，不一會兒拿出兩根中指般粗的香。老阿伯把香分給啓恆和克維，說道，「這是經過七十七場法會後的難香，隨身帶著，也絕不能離身。」

啓恆和克維珍重地收下難香，向媽祖像拜了拜。三人又向阿婆和老阿伯道謝，才拖著沉重腳步離開這間簡陋的「慈祐宮」。

慧兒把護身符戴上，苦笑，「哎喲，是不是很不搭？」

「小命重要，還管搭不搭。」克維也是笑得很難看，說道，「現在，我們該怎麼做？去通知其他四個人？然後被他們罵瘋子這樣？」

啓恆看著慈祐宮前的紅燈籠，說道，「我寧可他們罵我是瘋子，也不希望他們做了相同的夢。至少，這樣扶乩看起來就沒那麼準。」

「對喔，如果七個人都做一樣的夢，那還眞是㴊咧等。」克維雙手插進褲袋，「那，不然現在該怎麼辦？要說嗎？如果要說，那該怎麼說？」

慧兒想了想，「我們再去咖啡店泡著吧，站在這裡也不會有結果。」

「OK，問題是，這裡超荒涼的，哪裡有咖啡店？」克維彷彿早就知道答案似地看著慧兒。

奕芳家是棟漂亮的別墅，坐落在外雙溪的高級住宅區。她跟雲珊一樣，是家裡的獨生女，自小就被父母捧在手心呵護，從小到大沒一點不如意。奕芳的個性直，從來就不懂得拐彎抹角，說是單純也可以，不喜歡她的人，會說她過度驕縱了點。然而，跟那些老是把事悶在心裡，不管問她什麼都只會回答「沒事」的女孩比起來，奕芳其實算是很好理解，很好相處的類型了。如果拿她和雲珊相比，雲珊就像水，奕芳就像火，差不多就是這種程度上的差異。

奕芳家總共三層樓，三樓只有十幾坪，往內縮了不少，有個小客廳和一間附有更衣室的大套房，那就是奕芳的房間。奕芳的父母按照她的喜好，把房間佈置得十分高雅時尚，全都使用柔和的白色系，寢具也一律使用義大利製品。奕芳就是那種會向路易威登訂購寵物提籠的有錢千金。

吃完飯後，奕芳回到三樓自己的房間，她的大書桌上擺著一台蘋果電腦。其實她還是灌了微軟的作業系統，之所以使用蘋果，純粹是因爲這和房間的設計比較相配而已。她登入了MSN，看到雲珊回覆的訊息。

「眞可惜。」奕芳輕喟。

她想起昨晚做的怪夢，心裡益發不安。想了想，雲珊已去過龍山寺，還碰上慧兒和啓恆、克維——那麼，不知道冬翔和家明學長去拜拜了沒。如果跟他們一起去也不錯吧，至少有伴呢。

這時，彷彿在回應奕芳似的，她的手機響了起來。來電沒有顯示號碼，但奕芳還是接起了。她很不喜歡讓手機裡出現未接來電。每個人都有類似這樣的微妙原則，對吧。

「喂？」

「是我啦。」對方是個女人，可是聲音既陌生，又帶有一點腔調。

「喂？」奕芳問道，「找誰？」

「找妳啊！聽不出來我是誰嗎？哈哈。」

「妳是誰啊？」

「喔，對，妳沒聽過我的聲音。」女人笑個不停，「親愛的孫奕芳小姐，我們前幾天才剛見過啊。」

「前幾天？」奕芳開始覺得這是詐騙集團，她有幾分不悅，「打電話來又不說自己是誰，太沒禮貌、太沒常識了吧！」

「哈哈哈哈，妳就很有禮貌、很有常識？那麼，妳跟妳的同學，看見我吊在那裡，爲什麼不放我下來？！」女人聲音伴隨著淒厲笑聲，彷彿還聽得到繩索摩擦屋樑，發出的微弱吱吱聲。

奕芳嚇得把手機扔掉。她差點沒尖叫出來。奕芳盯著被扔在地上的手機，手機螢幕還在通話中，幾秒後，顯示出通話結束。

什麼？那女人在說什麼？

爲什麼不放她下來？

爲什麼不放她下來？

爲什麼不……

那具被黑髮層層包覆，把冬翔嚇得爬出房間，讓所有人連滾帶爬衝下山的屍體，是嗎？電話的那端是……這時，奕芳的手機又響了起來。奕芳嚇得大叫，她定睛一看，又覺得自己極蠢。是慧兒打來的。

「慧兒！」奕芳一接起就大喊，「是妳嗎？」

「不，我是慧兒的媽。廢話，當然是我啦，不然還會是誰？」慧兒語氣輕鬆。

「眞的是妳！太好了！」奕芳突然哭了出來，幸好，只有幾滴淚，不然形象全毀。

「怎麼了，竟然這麼想念我？」

「我跟妳說，我剛剛接到一通沒有來電顯示的怪電話！」奕芳對著手機，激動地說道，「我被嚇個半死，眞的，就在妳打來之前！」

慧兒警覺，「是怎樣的電話？」

「就有一個女人打電話來……她知道我的名字，可是卻不說自己是誰！我說她沒禮貌沒常識，應該要自報姓名，可是她——」奕芳急促說道，「她說，我們看到她吊在那裡，卻沒把她放下來，這樣就是有禮貌有常識嗎？」

「天哪！」慧兒不禁驚呼，「妳別嚇我！」

「誰嚇妳了，我才被嚇死——慧兒，該不會是妳在惡作劇吧？」奕芳突然大叫，她更加激動了，「是妳在搞鬼對不對？」

「沒有，我哪會這麼做……」

「拜託妳承認好不好？！」奕芳的眼淚又開始落下，「喂，妳不承認是妳幹的，那要怎麼辦？要相信那是鬼來電嗎？」

「不要亂講！」慧兒的音調像被人掐緊喉嚨似的高了八度。她也激動起來，「我現在有點事，妳手機保持暢通，我待會兒再打給妳。」

「喂、喂？」

但慧兒已掛斷了。奕芳害怕地看著手機，又看看寬敞的房間。她從地上爬起，帶著手機窩上了床，抱著枕頭，乖乖等著慧兒來電。

慧兒表情凝重地掛上電話。看看克維，又看看啓恆。光從慧兒的表情就可以知道，透過這通電話得到的絕不是什麼好消息。啓恆心裡發慌，他不知道到底發生了什麼事，在一旁聆聽的結果，只知道慧兒根本還來不及試探奕芳是否做了那個夢便已匆匆掛上電話。

克維耐不住性子，「怎麼了，奕芳發生什麼事了嗎？」

「她說，就在我撥過去之前，她接到了一通電話，一個女人打去的。那個女人質問，爲什麼我們沒有把她放下來。」說到這裡，慧兒用雙手摀住臉。

「沒有，把她，放下來？！幹，這是什麼鬼電話？」克維慘笑著，「哈，鬼電話，我第一次發現自己會說雙關語耶。」

「好了，你別這樣。大家心裡已經夠亂了！」啓恆拿出手機，說道，「現在換我打給冬翔。」

「等一下再打吧，學長。」慧兒聲音悶悶地，「奕芳的事怎麼辦？要跟她說實話嗎？不說的話，就不能提醒她注意，不能提醒她注意的話——天哪，我眞不敢想下去。」

「既然奕芳接到了怪電話，我倒是認爲其他確認電話不太需要打了。」克維收拾起激動的心情，冷然說道，「看來，我們七個人都被找上了。」

「你的意思是——」啓恆考慮了幾秒，說道，「你願意相信扶乩的預言？」

「信啊。幹被我媽知道她會宰了我，她一直都叫我去上教會。好了，這不是重點。重點是，假設扶乩的結果是眞的，那麼所謂的因果到底是什麼？你們看，上面寫著：猛鬼咒，屬因果，報應到，死臨頭，子女擔，父母錯，這幾句問題很大吧？如果這幾句話成立，那就代表我們七個人裡，有人的父母和那個——姑且稱之木屋女鬼吧——跟那個木屋女鬼有淵源才對。」

慧兒點頭，「而且上面說報應到，死臨頭，這麼說來，一定是某人的父母做了對不起木屋女鬼的事，才會用『報應』兩個字來形容！」

「說得沒錯，可是，就算我們找出了父母跟那個木屋女鬼的關係，又能怎樣呢？扶乩的結果也有預告啊，子女擔，父母錯——很明顯的，不管是誰的父母當年做錯事，最終受苦、受到報應的卻會是子女。」啓恆說道。

克維雙手抱胸，「那你的意思是？」

「我只是在想，在更嚴重的事情發生前，有必要去追查以前的事嗎？何況，我們要怎麼查？回家之後問爸媽說，『嘿老爸你以前有做過什麼虧心事嗎？現在要禍及子孫了耶！』不可能嘛！」

「所以呢？等死就好？」克維不以爲然，「總能做點什麼吧？」

「對了！」慧兒抬起頭，「奕芳接到的電話——是不是一個提示？木屋的女鬼，希望有人能放她下來。」一邊說，她一邊感到毛骨悚然。

「再去東鶴村一次？不會吧。」克維用誇張的語調說道，「放下來是小事，然後呢？把她帶下山？這樣她就願意放過我們了嗎？」

「我不知道。我只是想到奕芳說的那通電話……啊，該死，我答應會回電給她的！」慧兒抓起手機，又看看啓恆和克維，她求助，「怎麼辦，我到底要不要叫她小心一點？」

「當然要啦。」克維和啓恆異口同聲。

「可是她一定會問爲什麼——」慧兒瞄到桌上的紙巾，「算了，我有辦法。你們倆別出聲。」

慧兒再度撥了電話給奕芳，這次奕芳很快就接起。慧兒語氣裝作輕鬆，要奕芳這幾天乖乖在家別亂跑，奕芳本能地反問，但慧兒隨手抓起紙巾，摩擦出類似雜訊的聲音，一面叫著喂喂這裡好像沒訊號之類的話，一面匆忙掛上電話。

啓恆苦笑，「這個方法有點遜，不過看來倒是挺實用的。」

慧兒翻翻白眼，「我也是千百個不願意。總之，我要奕芳這幾天絕不能亂跑，儘量跟家人待在一起。可是雲珊、家明和冬翔學長怎麼辦？」

「我們三人得先有共識才行。」啓恆說道，「克維是覺得，就連奕芳都接到電話，可見得我們七個人都會遇到怪事，對嗎？」

「對。」克維簡短應了聲。

「再來，即使現在去查出父母的事，扶乩的結果也是說會報應在子女身上，所以父母做了什麼已經不是那麼重要了，對嗎？」

慧兒搖頭，「不對！」

「怎麼說？」

「我們一共七個人，難道七個人的父母都涉入其中嗎？不可能的！所以，那句扶乩指示，應該指的是特定對象，也就是父母和木屋女鬼有關的那個人。」

啓恆想了想，「這麼說，最好還是查出來是誰的父母和木屋女鬼有關囉？」

「可是，這樣就會變成，我們可以預期到，父母跟木屋女鬼有關的人，遲早會死，是嗎？」克維說道，「不管那個人是誰，知道了這件事都沒好處，我覺得，要找出解決辦法才對。雖然我不覺得再上山去，把屍體放下是件聰明事，但慧兒思考的方向我很贊成，應該有求得原諒或化解的方法才對。」

「找道士去開壇？還是做場法事超渡她？」慧兒感覺現在的談話愈來

愈怪異了，她聳肩，「是只有我一個人覺得現在的對話很奇怪嗎？」

這話讓克維和啓恆嘴角都浮上一絲苦笑。

「我決定了，這件事過三天再說。」慧兒說道，「這三天裡，我會負責和女生們保持聯絡，如果還是有像奕芳接到的那種怪電話出現，或者其他用科學沒辦法解釋的情況，那我們七個人就一定要開誠佈公來談這件事，而且一定要積極去查清以前的事，這樣才能找出化解的方法。你們覺得呢？」

克維點點頭，「我OK。我可以負責和冬翔、家明聯絡。」

「那我呢？」

「啓恆學長的話，就負責好好調查一下東鶴村過去有沒有發生什麼怪事吧。」慧兒一面說，一面笑，「這個任務會不會太困難？」

啓恆十分認眞地想了想，「我有個堂姊在當記者，我去請教她快速調查的訣竅好了。不過，是不是眞的有什麼明確的事件，這就不知道了。」

「這當然，畢竟連當地人都找不到那棟小木屋啊。啊！」克維猛地叫了一聲，「我在想，我們那天之所以會找到那棟木屋，一定是因爲七個人裡面有人和木屋女鬼有關係的緣故。」

「……是我和家明找到木屋的，這樣範圍是不是縮小了很多？」啓恆臉色變得蒼白。

慧兒忙安慰道，「克維學長的意見是沒錯，但不代表啓恆學長和家明學長就比我們其他人更有可能。」

「是啦，我也沒那個意思，你別想太多。我只是突然想到，這可以當作胡大哥和村長兒子找不到那棟木屋的解釋。」克維拍拍啓恆。

啓恆扯扯嘴角，勉強一笑。其實他很清楚，克維和慧兒也不好受。如果這次眞的事情難以化解，那麼負責計劃旅行的家明絕對會自責到不行。可是換個角度想，那個父母親做錯事的人，才是眞正讓大家陷入困境的關鍵。

問題是，那個人到底是誰呢？

是自己，還是克維或慧兒的父母？不論怎麼想，都覺得奇怪。啓恆腦海裡爆出奇怪的想法。該不會七個人的父母當年一起幹了什麼壞事，所以命運才會用鎖鏈鏈住大家吧？天哪，這個想法實在可笑。啓恆決心把這種想法趕出腦海中——今天這一切還不夠嗎？已經不再需要其他增加煩惱和憂鬱的想法了。就像慧兒說的，接下來三天會是關鍵，也許什麼事都沒發生，扶乩的結果只是騙小孩的。啓恆在心裡默禱，他眞的希望那扶乩是怪力亂神，一點兒都不準！

雲珊發覺自己醒過來的時間很怪。下午三點多。頭很重，身體幾乎一點力氣都沒有，而且，床單還散發著淡淡的花香。她坐起，想起這裡就是家裡一向很少人使用的客房。爲什麼不在自己的房間，而睡在客房裡？喔，對了。雲珊想起來了。她看到自己房裡的衣櫥中，有隻眼睛正看著她。頓時一陣寒顫。

可是媽媽卻什麼也沒看見。

是我的錯覺嗎？

雲珊馬上駁斥自己。

哪來那麼愚蠢的錯覺。

她聽到了手機在響，手機的鈴聲是她很喜歡的歌，梁靜茹的〈崇拜〉。她聽到手機正響著，可是很微弱，應該放在自己房裡吧。雲珊下了床，快步走出客房。可是當她看到自己的房門時，腳步立即慢了下來。

對方好像掛掉了，鈴聲停止。現在是暑假，應該不會有什麼重要的電話。雲珊安慰自己。她不想走進房裡。是的，雖然可笑，但她無論如何都不想走進自己的房裡。她很怕看到那座衣櫥，衣櫥裡眞的有隻眼睛瞪著她，憤恨地瞪著她！

但，雲珊的手機再度響起。隔著房門，女歌手溫柔的歌聲輕輕拍擊著雲珊。雲珊往前幾步，輕輕把手扶上門把。她記得，手機就在書桌上，只要衝進去，拿了手機，這樣就沒事了。她按下水平門把，快速地衝進房。手機正在書桌上閃著光，她一面接起，一面衝出房。

「喂？雲珊嗎？我是慧兒。」

「慧、慧兒……嗯，」砰地甩上房門，「找我有事嗎？」

「嗯，沒什麼啦，想說閒聊一下。妳在忙嗎？」

「喔，我沒在忙，剛剛睡醒。」雲珊沒回頭看看房門，只是逕自走到客廳坐下。她打開了電視，但隨即調成無聲。

「我剛剛跟奕芳聊過，從東鶴村回來之後，她好像不太好。我的狀況也不怎麼樣，心煩意亂，總覺得有些很不好的預感……早上碰面時沒機會聊聊，所以現在才打給妳。」

雲珊好奇，「奕芳怎麼了？」

「她說接到怪電話。啊，我一時也說不清楚。我的話倒是做了惡夢，搞得我很沒精神。」

「妳們……也都遇到了怪事嗎？」雲珊思考著。

但慧兒聽出端倪，「我們『也』遇到了怪事……妳的說法好像自己遇到了怪事哩。」

雲珊下意識地想逃避這個問題，但禁不住慧兒的詢問，雲珊只好輕描淡寫，說自己似乎因爲太累而看到幻覺。她不想提起衣櫥裡眼睛的事，只說自己好像在衣櫥裡看見一件不屬於自己所有的裙子。很老土的印花和款式。

「有印花？」慧兒問道，「什麼樣的圖案？」

「白底，印有黃色的大花朵。」

「白底黃花？！」這不正跟大家夢裡的女人一樣嗎？！

「對啊，好像很久以前流行的裙子。可是，後來好像是我看錯了。因爲我媽和我都沒有那麼俗氣的裙子……」雲珊已經不知道自己在胡說什麼，但無所謂，她在說話的同時拚了命想要忘記衣櫥的事。

慧兒在電話那端輕喟，「……這樣啊，眞的很怪。」

「對啊。」

兩人均靜默了一會兒。

慧兒先打破沉默，「雲珊，這幾天妳都會在家嗎？」

「嗯，應該吧。」而且還會跑去住客房。

「那我沒事的話可以打給妳聊聊嗎？」

「當然可以，妳現在不就打來了嗎？」

「對耶，哈哈。」慧兒的笑聲聽來很空洞，她說道，「那先這樣吧，我還有事要忙。」

「好，再見。」

「再見。」

雲珊實在不明白慧兒的這通電話到底是有何作用。慧兒好像懷著什麼秘密似地，打電話來試探些什麼。不，也許是自己想太多了。畢竟這通電話的內容的確無聊得很，無聊到了極點，想必慧兒的確是因爲無聊才打來的。

電視購物正在賣東西。賣鍋子，某牌的炒鍋。看起來眞神奇，又不需要放太多油，又不會沾鍋起油煙……雲珊無意識地注視電視畫面，呆呆地接受這些資訊。能夠停止思考是件好事，雲珊眞心地這麼想。

「完蛋了。」慧兒看著手機，「也找上雲珊了。」

「什麼意思？」啓恆問道。

「雲珊說，她看見衣櫥裡有件裙子，不是她的，也不是她媽媽的，白底，黃色花朵。」

那就和三人夢中所見的那個女子一樣！

再加上奕芳，現在總共五個人——

這時，克維再度走進店裡，他臉色十分難看。

「冬翔和家明，也遇到怪事？」啓恆雖然開口，卻不想聽到答案。

「他們兩個現在在行天宮。」克維說道，「他們之所以結伴去行天宮，是因爲夢到了相同的夢。當然，跟我們一樣。慧兒，妳打給雲珊的結果怎樣？」

「大家，都一樣。我是沒問雲珊和奕芳有關夢的事，不過目前看來，七個人都好不到哪去。」慧兒說道。

啓恆喝完杯中咖啡，徐徐說道，「我們三個人有阿婆給的平安符和難香，可是其他四個人沒有，對於這件事，有沒有好提議？」

「不是還要等三天觀察嗎？如果這三天內有什麼事發生，我建議我們七個人乾脆待在一起。」克維說道，「奕芳家不是很有錢嗎？看看有沒有什麼空房子能讓我們一起住的。」

「慧兒妳的意見？」

慧兒點頭，「七個人都聚在一起會好一點。只不過，我們的爸媽會懷疑我們是不是打算集體幹壞事。學長，對不起，我不知道我在說什麼。可是，七個人聚在一起眞的比較好，我是這麼相信著，眞的。」

「沒關係，」克維苦笑。「我看今天就到此爲止吧。各位請回家後好好照顧自己，還有手機，我們要不要約定多久聯絡一次？」

「上午十點，下午三點，晚上十一點，如何？」啓恆說道。

「OK，那麼順序是我打給克維學長，克維學長打給啓恆學長，啓恆學長再打給我，就這麼說定了。」

鬼咒纏身

這兩天雲層很厚，雨卻沒降下。白天和夜晚一絲風都沒有，讓人感覺十分悶熱，汗水停滯在皮膚上，黏黏的，很不舒服。

大學生們去野營的那座山早期有名字，就叫東鶴山。說是山太誇張，雖然陡峭，但實際上並不高。地主好像多年未曾出現，所以村民有時會上山打打獵。其實能獵到的大都是飛鼠。因爲山坡未經開發，樹木茂密，小動物應該都躲在森林中，而村民並不時常進山探險。以前當地原住民人口尚多時，原住民會帶大家上山去，但近幾年住民人口也外移，老一輩的人因年老體衰，也不再上山了。理所當然地，山上的情況究竟如何，久而久之就變成謎。若不是之前那幾個窮極無聊的大學生跑上山，恐怕大家早已忘了山坡上還有野營的地方。

這天，村長兒子阿標興沖沖地到民宿去找胡大哥。他買了新手機，韓國大廠，外型十分精緻漂亮，跟他本人倒是一點都不搭。

「喔，你還眞的去買了。」胡大哥坐在吧台後，咖啡壺上正煮著名字很長，聞起來也十分香濃的不知名咖啡。

「當然要買啦，沒手機怎麼過日子。不過，之前那支諾基亞也才買沒多久，沒想到竟然搞丟了。眞是。」阿標哼了哼，「都怪那幾個小鬼，害我們兩個這麼辛苦上山一趟，我的手機還因此弄丟——眞是討厭。」

「所以嘛，不要再把新手機塞在褲袋裡了。萬一又弄丟，就麻煩了。」胡大哥如是說，他看看窗外，「雨一直下不來，很悶，也沒風，眞不舒服。」

「對啊，熱死了。」

我在小木屋外走來走去。

媽媽醒了，在生氣。

媽媽不常醒，從以前到現在，只有一、兩次吧。

其實我也不知道媽媽是醒著，還是睡著。

可是，媽媽不必吃飯，也不像我需要排泄，

就只是吊在原地不動，什麼都不需要。

幾天前那群人不知道爲什麼上山來，
還找到了我跟媽媽住了許多年的木屋，
那些人在講什麼，我聽不懂，只知道要逃，躲開，
但好像有個女孩子看到我了。
那群人在木屋裡過夜，
不知道我就在窗外一直盯著他們。
這些都沒什麼，
可是他們不該打開媽媽的房間。
媽媽不喜歡人家打開她的房間。
所以媽媽生氣了，
她特別討厭其中那個看到我的女孩子。
那個女孩子很漂亮，很漂亮。
後來他們看到媽媽，嚇得全逃走了。

到了下午，又有人上山，但沒靠近木屋，
其中一人還把某個長得像是遙控器的東西掉在地上。
我撿回去，放在媽媽腳下。
媽媽的房間被打開也好，
我就能常看見她了。

關於以前的事我一點都不記得了，
爸爸的臉也許現在看到還能認出，
可是其他的事眞的記不清楚，
印象最深的，還是爸爸把我和媽媽帶到山上之後做的事。
不過，中間卻有一部分想不起來。
爸爸把媽媽吊起來之後，
我哭了，一直哭，大概哭到睡著了吧，

等醒來時，我被移到媽媽的房間外，
身上的繩子也不見了。
後來聽到媽媽在房間跟我說話，
她叫我別哭。

第五章

自作孽

髮夾太緊了。這讓雲珊覺得很難過。從東鶴村回來已第三天，今天上午她接到慧兒的電話，慧兒說大家聚聚吧，不給她拒絕的理由，然後補上一句，我們七個人都要到才行。

雲珊想起啓恆，可是她意興闌珊。她睡了兩晚客房，很不習慣。特別是要進自己房間拿東西時，她總是匆匆跑進去，再匆匆跑出來。她不知道自己在幹嘛，這一切看來是如此愚蠢——有好幾次，她想叫媽媽負責看好房門，別讓房門關上——雲珊眞的很怕在進房拿東西時，房門突然關上，再也打不開……然後，她被困在房裡，身後的衣櫥門悄悄打開了……

她以爲恐懼會被時光沖淡，孰料完全相反。

喔，她恨死了這一切。

可是就在剛剛，雲珊又進房去了。她得進去拿一套衣服，拿她的化妝包和其他有的沒的瑣碎雜物。雖然提不起勁，然而她有種非去不可的預感。她跟慧兒沒什麼特別交情，絕不是那種連經痛都會告訴對方的姊妹淘，不過雲珊對於今天的聚會有種很不舒服的預感。她知道有事將要發生，她不能讓自己被摒棄在外。

雲珊開始打呵欠。很睏。這兩個晚上都沒睡好。雲珊的父親到海外出差去了，只有母親和雲珊在家。她猜在爸爸出國前，爸媽一定有爭執過。媽媽這幾天都悶悶不樂，就坐在她最喜歡的那張扶手椅上發呆。雲珊的媽以前是老師，雲珊出生後就離開教職，成為專職主婦，主要的工作就是持家以及相夫教子。

「怎麼，妳要出去啊？」黛音走進客房，看到雲珊正在重夾長髮。

「嗯，同學約見面，要一起吃中飯。」

「好可惜呢，本來媽想帶妳去吃點好吃的。」

「晚上吧。大家都要去，我缺席就太不上道了。」

黛音從雲珊手上拿過髮夾，輕柔地替她夾上，「也好，出去走走，散散心。」

「媽。」

「嗯？」

「妳會不會覺得我精神異常啊？」

黛音笑了，「一點都不覺得。說不擔心是騙人的，不過我想我們雲珊只是精神緊張，再加上疲倦，才會產生那種幻覺的。只要好好休養幾天就行啦。」

「唔嗯。」雲珊看著鏡子裡的自己，深深吸了一口氣。

蕭雲珊，加油！

「雲珊！」

正要走進餐廳時，雲珊聽到有人熱情地呼喚她。她微笑以對，「奕芳，妳來了。」

「是啊，應該沒遲到吧。」奕芳穿著一件淡紫色上衣，手上挽著古馳的包包，臉上的太陽眼鏡也是古馳的，就連鞋子也是。看來，奕芳八成是古馳的VIP。

「走，我們進去吧。」

店裡客人很多，啓恆訂了一張大圓桌。雲珊和奕芳是最晚到的，其他人都已找了位子坐下。雲珊覺得座位安排有點礙眼，慧兒又坐在啓恆身邊了。看起來實在令人難以忍受──或者該說，讓雲珊難以忍受。

這裡是家火鍋店，酸菜白肉鍋很有名。七個人點了兩鍋，大家說說笑笑，吃喝著。可是雲珊知道，這裡沒人的笑容是發自內心的。大家好像都在掩飾著什麼，用笑容用笑話當作幌子，企圖讓其他人轉移注意力，不要發現自己正被某種事務困擾著。充滿秘密的一桌人啊，雲珊想。

然而虛假的歡樂總是不持久，就像幼稚的戀愛似的，到達某個點上，一切便戛然而止；接著，沉默吞噬一切，並且像是把利刃，割開了所有僞裝失敗的面具。然後，總是會有人不經意切入主題。而今天擔任這工作的，是一向樂觀過度的家明。

「對了，克維學長，今天你和啓恆學長邀大家聚會，就只是爲了來吃酸菜白肉鍋啊?」家明問道。

克維尷尬,但平靜地說道,「從那天離開東鶴村的小木屋之後,我身邊發生了怪事。」

眾人全部放下了杯筷,無比靜默,像是在聆聽什麼了不起的訓話似的。

克維鼓起勇氣,續道,「回到台北的那晚,我做了一個怪夢。本來以爲那就是場夢,可是,第二天早上,啓恆打給我,閒聊時發現,我們做了一模一樣的夢。不只如此,在龍山寺遇到慧兒學妹,她說,她也做了同樣的夢。」

家明問道,「到底是怎樣的夢?說來聽聽吧,因爲——那晚,我也沒睡好,也做夢了。我夢到有一對男女,男的一直在追打痛毆女人,那女人挺漂亮的。」

「那女人,是不是一頭長髮,穿著白底黃色印花的裙子?」奕芳突然問道。眾人大驚,奕芳鐵青著臉,「如果是的話就精采了,因爲我也夢到一樣的夢。」

「那冬翔和雲珊呢？」慧兒問道。

雲珊此刻只覺得背脊一片寒，她虛弱地看了冬翔一眼，只見冬翔沒吭聲，但卻帶著不解，緩緩地點頭。

「……我，其實也有夢到。」雲珊無奈，承認了。

「所以，我們七個人都做了一模一樣的夢！」冬翔咬牙，他只覺得恐怖，「難道眞的撞鬼？」

克維想了想，說道，「其實去龍山寺的那天，我、啓恆和慧兒在咖啡店裡談起做夢的事，都覺得發毛，後來就去一家小廟扶乩。坦白說，扶乩的結果指示，我們的確是惹到了什麼。」

這時換啓恆說道，「我們三人眞的不知道該怎麼辦才好……後來，慧兒有和奕芳、雲珊聯絡——奕芳和雲珊都遇到了怪事——看來，我們得好好化解這事才行。冬翔、家明，除了做夢外，你們身邊還有發生什麼事嗎？」

「可以不說嗎？」家明的臉上笑容頓失，「好吧，如果說是怪事，好，對，眞的有。可是我一點都不想談細節，拜託。……好了，這是什麼眼光……好，我說，這樣總可以了吧？！反正就是，前天，我在窗外看見有個長髮女人經過，然後，我家住十四樓，就是這樣。」

「喔天哪……」慧兒不禁低喃。

「我沒看見什麼人影。可是，我的夢卻像連續劇似的連貫著。」冬翔打破沉默，說道，「除了那場跟大家都一樣的夢之外。我第二天夢到前夜夢裡的男人把那個漂亮的女人吊死了，就在那間木屋裡。然後，又夢到木屋裡還有個被綁住的小男孩被困在角落。」

「我是接到怪電話。」奕芳冷靜地說道，「有個女人問，我們爲什麼不放她下來。那，雲珊妳呢？」

雲珊嘆口氣，她雖然驚駭莫名，可是眼見大家都一一說出遇到的事，她也就不猶豫了。「我一開始沒跟慧兒說眞話，只說了一半。我，發現自己的衣櫥沒關好，有件白底黃花的裙子垂在那裡，那不是我的衣服。我想拿起那件裙子，但……但是卻發現有隻眼睛從衣櫥裡看著我。」

家明恰巧坐在雲珊身邊，他同情拍拍雲珊的肩，「所以，現在我們七個人都在同艘船上了。克維學長，扶乩的結果到底說了什麼？」

「在看結果之前，我一定要先聲明，扶乩這種東西只能當作參考，作不得準——至少不能全盤皆信。」

克維這番話本想給大家一點心理建設，可惜大家本能的聯想就是：結果一定相當可怕。克維把那天扶乩的結果交到身邊的冬翔手裡。家明迫不及待，探頭過去。

「哎，別擠。算了，我唸給大家聽！」冬翔深呼吸一口，開始讀。

鬼月開，索冤債，
汝小兒，最不該，
驚鬼神，惹劫災，
猛鬼咒，屬因果，
報應到，死臨頭，

子女擔，父母錯，
鬼纏身，有大禍，
恨索命，關難過。

「哇靠，這什麼？！我不相信！絕不相信！」冬翔大叫，完全不管店裡還有其他客人，「什麼鬼纏身有大禍，大禍個屁！妖言惑眾！」

「冬翔，你冷靜點！」

「是啊，靜下來，聽我們說——」

「你們才應該聽我說，這什麼嘛，你們怎麼會把扶乩當一回事咧？」

冬翔皺眉，他眞的完全不想承認，一承認，不就代表扶乩的預言會實現，大家會被冤鬼索命嗎？！

啓恆開口，「我們也覺得很害怕。可是你想想大家遇到的事，就算沒有扶乩的預言，也已經可以證明我們惹上不該惹的東西了，對吧？」

「所以怎麼辦？你們說，怎麼辦？」

冬翔氣極了。之所以氣，是因爲這和一般的麻煩事不同，並非難以解決，而是根本不知道該如何解決！

這時，奕芳哭了出來。雲珊其實也又急又怕，但奕芳早她一步落下淚，雲珊反倒只能收拾心情，安慰奕芳。其實這種安慰根本就起不了作用，七個人都遇上了怪事，再怎麼樂觀去想，都只能覺得異常可怕！

「我、我眞的很怕……」奕芳抽泣，「爲什麼會遇到這種事啊？我又沒做過壞事！」

「這眞是個好問題。」家明無端發顫，但隨即要自己冷靜下來，他拿過扶乩結果，仔細看了一次，「這裡有幾句話：猛鬼咒，屬因果，報應到，死臨頭，子女擔，父母錯。你們不覺得這幾句是關鍵嗎？」

「沒錯，我們是這樣覺得。可是七個人有七對父母耶，這要怎麼去查？就算查到了，如果眞是父母做壞事的報應，要應在我們身上，你說我們能怎麼辦？」克維說道。

「那克維學長你的意思是，我們就手拉手圍成一圈等死嗎？」冬翔怒道，「我們的罪，就只有驚擾到那個女鬼而已，這樣罪不致死吧？如果眞的有人要付出生命，那也該是那個父母犯罪的人，而不是連坐法啊！」

「如果是你的父母當年犯了罪，你也覺得這樣OK嗎？」克維冷笑。

冬翔被激，臉色漲紅，「對！如果眞他媽是我老爸老媽幹的，我就認了！就讓那個什麼猛鬼來報仇啊！他媽的，死了我就再投胎，難道還怕她嗎？！」

「不要吵了。」慧兒忍不住插了一句，「現在重要的是，有沒有我們可以做的，總是要盡人事聽天命啊。」

家明畢竟還是最樂觀的一個，「我是覺得，奕芳接到的電話是個好提議。我們應該去把那具屍體放下，然後做場法事超渡她，怎麼樣？」

「法事的費用我來負責！」奕芳突然堅強起來，抹去眼淚，「慧兒說得對，在這裡東拉西扯是沒用的。家明學長也沒錯，我想，這樣多少可以減輕一點她的恨意吧。也許，我們七個人應該再去東鶴村一趟，總比坐以待斃來得好。你們覺得呢？」

這時，女生們反倒出乎意料地果決起來。慧兒毫不猶豫地贊成奕芳的提議，雲珊稍微思考後也同意了。

「你覺得呢？」克維看看啓恆。

啓恆平靜地說道，「我也同意家明的方法。克維、冬翔學弟，剩下你們了。如果要去東鶴，我們七個人缺一不可。」

克維當然同意，「行，沒問題。」

「雖然不知道這方法到底有沒有效——但是，唉，算了——去吧，我們七個人一起去。只不過，得找個理由來說服家長就是了。」冬翔靈機一動，「對了，乾脆趁這個機會，我們各自回去試探父母，看看有沒有誰的爸媽跟那裡有地緣關係。」

「冬翔，哪有這麼簡單？就算知道是自己父母當年犯下罪行，難道會願意說出來嗎？這樣多可怕，其他人會用什麼眼光看待那個父母犯罪的人？」啓恆無奈地說道，「父母的事要不要追問，我沒意見。不過，總歸一句，大家要小心應對。」

「什麼時候出發比較好？」雲珊問。

「愈快愈好，希望明天下午前就能到達東鶴村！」啓恆堅定。

大概可以用「八仙過海，各顯神通」來形容大家回去向父母報備的情景。一般父母都會覺得這幾個孩子也太愛玩了，可是暑假嘛，又是兩天一夜的小旅行，實在沒有理由非阻止不可。特別是雲珊的母親，她很贊成雲珊和同學出去走走，散散心。當然，雲珊這次可沒說要去東鶴村，而是隨便編了個地名。

雖然沒有信心能解決這種令人毛骨悚然的情況，但，至少情況不會再變得更糟了吧？大家不約而同在心裡想著，這應該已經是極限了。

抵達東鶴村時大約是下午三、四點左右。家明還是訂了胡大哥的民宿。其實也沒有別的選擇。在這種人煙稀少，並非以觀光聞名的小村落，能有一間民宿已經很不錯了。再度回到胡大哥的民宿，大家的心情和上次來玩時截然不同，不管是男生還是女生，都深深感到一股沉重的壓力在自己肩上。

克維看著沉默的奕芳，不禁開口，「學妹，妳一路上都好安靜。」

「不然呢？一邊笑一邊跳，很高興我們要去鬼屋探險這樣嗎？」奕芳恨透這條崎嶇山路，她本以爲這輩子都不會再來到這裡。

「話雖然變少了，可是依舊很有殺氣。」家明補了句。

「我眞服了你們。爬山已經很累了，再加上那麼大的心理壓力，你們都不會情緒低落嗎？竟然還有心情說這個說那個。」奕芳還眞是無法理解。

「話不是這樣說的。根據各大命理節目的說法，一個人在情緒低落、心情不好時，磁場和腦波頻率會變得跟好兄弟更加接近，運勢也會逐漸下降。反之，一個笑口常開的人，運勢也自然會比較旺。」家明說道。

奕芳忍不住反駁，「我們上次在小木屋過夜那天笑了一整晚耶，結果第二天起床運勢有很旺盛嗎？反而還、還惹禍上身了！」

家明訕笑，「呃，這麼說也對啦。」

再怎麼樣，七個人總是強過一個人。有伴總比沒伴好。即使是鬥嘴也好，至少可以讓大家感覺時間不再那麼難捱，路沒那麼難走，而且逐漸產生了一種團體間特殊的友誼。一起同甘共苦的夥伴們才會擁有的珍貴友誼。走到當初的營地時花費了近三小時，女孩子們和上次一樣，累到不行，但這次沒人喊累。小腿痠痛算什麼，得先完成現在的目標才行！

不知道爲什麼，也許是天意註定，在營地暫時休息過之後，一行人很快地就在附近樹林的入口處找到了那棟小木屋。上次在風雨中幾乎沒人注意過這棟木屋的外表，今天看起來十分陰森。小木屋是用大小不一的木板釘成，特別的是它的地基是水泥所建，這大概就是它之所以能屹立至今的原因吧。木屋的本體有許多地方已風化，鐵釘鏽蝕，並且散發著一股難聞腐朽的氣味。

誰都不想進去，

但誰都得進去。

啓恆果然還是最穩重的，他深吸一口氣，邁步前不自覺地伸手碰了碰口袋裡阿婆給的難香。木屋的門就像那天一樣，嘎地應聲而開。難聞的氣味馬上從門縫中滿溢而出。啓恆想，那天眞的是被鬼迷了，否則怎麼能在味道這麼噁心的屋裡度過一夜。他沒把想法宣諸於口，只是默默轉頭看了眾人一眼，使了個「跟我來吧」的眼色。

男生們先進屋，接著女生們才用手或手帕捂住口鼻，跟著走進木屋中。幾步後，大家就清楚看到那具被黑髮包覆住的乾屍——應該是乾屍了吧，裸露在外的雙腳變黑變乾。

「咦，那是誰的手機？」克維因爲不想抬頭，目光躲往別處，卻正好發現屋裡骯髒的地板上有一支諾基亞的手機。「有人上次把手機掉在這裡嗎？」

眾人均搖頭。

「莫非我們走了之後還有別人來過？」克維問道。

家明繞過屍體垂在半空的腳，躡手躡腳走向那支銀色手機，他還算理智，先戴上了包包裡帶來的粗布白手套後，才撿起手機。他拿著手機走向大家。

「有電是有電，但這裡完全沒有訊號，只能撥打緊急電話。」家明說道。

奕芳怔忡，「……這讓我突然想到那通怪電話……」

「別想太多了。別怕。」啓恆安慰道。

「先別管這支手機，我們還是先把……把死者放下來吧。」慧兒想了很久，但卻想不出什麼合適的用詞，只好用「死者」來稱呼眼前這具宛如被包在黑繭內的屍首。

「好，學妹妳們把帶來的油布攤在地上，我和啓恆來剪斷繩索。大家都把手套戴上。」

克維從背包裡拿出預備好的大剪刀，跟啓恆一起走到了那堵怪異的牆邊。屍體被吊得極高，頭部很接近屋頂，腳距離地面很遠，若是猛然剪短繩索，屍體就會重重落下，說不定會把早已腐朽的地板砸出一個大洞；當然，一般的情況下，會有人站在屍首底下想辦法接住，但這具屍體太不尋常了，誰知道外面那層像是黑髮的東西究竟是什麼。因此他們準備了油布，一來可以多少減緩墜落的力道，二來就是爲了「打包」死者下山。

就在大家聚精會神，看著克維舉起大剪，繩索就此斷裂，屍體從半空中掉落的瞬間，伴隨著屍體落地的悶響，一聲宛如野獸般的咆哮在房門旁炸開！

「媽媽！」

比較靠近房門的女孩們嚇得倒退、尖叫。家明和冬翔衝上前，把女孩們拉到自己身後。這時一名衣不蔽體的高大男子奔進房內，竟毫不害怕地撲到那具屍體上，像個孩子似地大叫大哭。這名男子宛如山鬼，臉上被長髮和鬍鬚蓋滿，看不出年紀，但從動作和身材來看，年紀應該也是介於二十到三十歲之間。他身高大約一百八十五公分，身上只穿著一件尺寸明顯不合的灰色汗衫和同色短褲，全身散發著惡臭，皮膚上盡是污泥、結痂的傷口、斑痕和發紅的皮癬。

野人般的高大男子聲音嘶啞，嚎叫著，「誰准你們碰她了？！你們完了，她已經很討厭你們，很恨你們了！現在，你們去死，等著去死好了！」

「你在說什麼？！你是誰？喂！回答啊！你跟這、這名死者有什麼關係？！」克維衝上前，「你爲什麼說這是你媽？喂！」

當慧兒回過神來時，野男人正狂喊一聲撲向克維。

馬上一團混亂，大家喊叫著。

克維本就不是個以體格還是蠻力取勝的人，在這種情況下想要脫身的意識恐怕比「幹我要揍扁你這野人」的念頭強烈得多。家明和啓恆企圖架住那個臭氣熏天的野人，冬翔則很努力地想扳開他緊掐住克維脖子的雙手。女孩子們當然只能在一旁大叫不要打了。總之是一團混亂。更糟的是，因爲扭打的緣故，許多人的腳不知不覺地踩到了油布上的屍體，逐漸和黑髮糾結在一起。

野男人似乎不怕痛，雙手依舊緊緊掐住克維的脖子，克維瞪大雙眼，眼球像是金魚似地浮突！啓恆和家明沒辦法，光用拉的根本拉不開，家明和啓恆被迫出拳，但他們不是從小混幫派長大的孩子，對方又是宛如沒有神經，不怕痛的怪物，實際上動手跟沒動手相差不遠。緊急中，啓恆突然退了開，他隨手抓起用來剪斷繩索的大剪，往那野人的背部劃去。野男人果然鬆手了，他哇哇大叫，一拳正中啓恆鼻樑，啓恆登時鮮血直流，就在這一片混亂中，野男人逃出屋外，痛不欲生地瘋狂大叫著。

「克維學長！」

慧兒和奕芳連忙衝上前，克維幾乎就要失去意識。第一次面對這種場面，大家手忙腳亂。

這時啓恆也拔足狂奔，「那個野人一定知道些什麼！我去找他！」

「你瘋了，那傢伙會殺人的！」冬翔大吼，緊追著啓恆而去。

雲珊十分擔心啓恆，也跟著衝出木屋。

啓恆和冬翔一下子就跟上野男人，只見對方十分痛苦似地拉扯著自己的頭髮，他在樹林裡橫衝直撞，忽然間跑到了一處大石上，對著天空發出嗚嗚的聲音。

「學長，不要過去，太危險了！」冬翔拉住啓恆。

「放手。這人雖然是個瘋子，可是他一定有線索，他一定知道關於那具屍體的事！」

「啓恆學長、冬翔學長！你們別再追了！」雲珊這時也趕上了，她很怕啓恆再度受傷。

這時站在大石上的野人不知爲何忽然轉身，他目光直視著雲珊，靜默了幾秒後，發聲大喝，用極快的速度轉身從大石跳下，奔至雲珊面前！這巨變發生在一瞬之間，接下來只聽到雲珊悽慘一叫，那個野男人拖著她的長髮，又臭又髒的手架住雲珊雪白的粉頸，不停地使力著。

「快放開她！」冬翔和啓恆同時叫了出來。

誦經聲不絕於耳。

黛音趁著雲珊不在家，她來到了新店山區一所極清淨的寺廟中。這所寺廟已有多年歷史，本不招待俗客，但這裡的住持是黛音的親舅舅，是黛音母親的哥哥，黛音的母親有疑惑時，常上山請教。黛音自從婚後便沒來過廟裡，雖然從沒提起，可是她心中一直記掛著一件事。

這次雲珊去了東鶴村，回來後出現了幻覺，黛音很怕這和當年發生的事有關。雖然她不知道當時玉龍是怎麼處理掉他所謂的「包袱」，可是平心去想，當時的玉龍沒多少財產，是給不了大筆金錢的……不是給錢了事，那麼，會是用什麼方法解決的呢?方法有好有壞，有許多種，只求別是最不堪的那一種。

在寺門前請知客僧通報住持，等了好一會兒，才讓黛音入寺。山上比平地更早感到秋意，天空澄淨無雲，落木蕭蕭。寺裡除了誦經聲外，無半點人聲，寂靜之中卻更能感受到天地自然。黛音深深吸了氣，心裡平靜許多。

知客僧引她到側殿。當年不過才四十多歲的住持澄觀，如今也已年近古稀。澄觀方丈認出黛音，問候了幾句。

待茶水送上之後，黛音沒拐彎抹角，說道，「大師，我多年沒來，是因為心中有愧。」

「妳的事，我聽妳母親提過。她很為妳擔心。直到妳結婚，生子，安定下來，她才稍稍寬慰。可是，她又覺得對妳丈夫原本的妻兒十分歉疚。妳不知道吧，妳母親時常來寺裡誦經，就是替她們祈福。可是，恐怕是沒什麼作用。」

「方丈，您的意思是？」

「妳母親在臨終前，曾經抱病來山上。她對老衲提過，妳丈夫的前妻似乎已經身故，並且心懷憤恨，靈魂徘徊在東鶴，無法投胎。老衲當時沒有多問，依稀記得，妳媽媽好像是去找人問米，才知道這些事。」澄觀方丈淡淡地說道。

黛音一聽便十分驚恐，「她已經死了？！」

「似乎是如此。」

「方丈，我女兒最近恰巧和同學到了東鶴，回來後怪事不斷……我很擔心，不知道她是不是遇上了什麼……」

「姑且不論神鬼之事，妳若覺得虧欠妳丈夫原配，就該親自去了結這件事。但是，因果業力若是應在子女身上，也是理所當然，不可心生怨恨。」

殿外誦經聲不知何時已經停止，澄觀方丈點到即止，沒有多加勸諭。一個人是否能想通，是靠自己，不是靠別人說的話，給的意見。

黛音不是沒想過要回東鶴村去看看，逃了這麼多年，她知道自己的快樂並不完全、不完整，不管遇上了多開心的事，其中還是會夾雜著一絲遺憾，這種感受一直在折磨她。這次雲珊遇見的怪事，雖然不知道和那個女人是否有關，可是，這是個機會，也許，該藉這個機會去正視當年的過錯。她不是有心的，眞的不是。

「方丈，當年，我記得我還很小的時候，您就出家了。我媽很難過。」黛音忽然想起往事。「我有印象，外公外婆也很難過。這些沒有影響到您求佛之心嗎？」

「出家是什麼？家已不是家；家人，也和外人無二。」澄觀方丈說道，「凡塵俗世有那麼多痛苦，就是因爲放不下。老衲出家之時，還記得當時妳外公外婆大叫，說我是他們的兒子，絕不許這麼做。這是什麼？白話地說，就是一種佔有慾，一種以自我爲中心的思考。『我』是獨立的個體，並不是他們的附屬品，但他們卻無法理解這點。」

黛音靜靜聽了好一會兒。她開始思考，這二十年來她自以爲的幸福是什麼，踩著別人痛苦而建立的幸福家庭又是什麼。一切看起來是如此模糊，那些曾經被她視爲珍貴回憶的日子如今像是秋風捲走的落葉般遠颺，丈夫的臉和女兒的臉在瞬間變得不再那麼清晰了。她在想，如果二十年前，她抽身而出的話，現在不知道這一切會是什麼樣子。

有種淡淡的哀傷感。

她決定要到東鶴村去看看。不是爲了雲珊遇上的怪事，而是爲了她自己。再怎麼樣，她欠那個女人一句道歉，即使那女人很可能已成爲一堆白骨，但她還是該去一趟，在那女人墳前上炷香，說句對不起。黛音知道這是唯一能讓自己擺脫內疚的方式，她打算去執行，不再給自己任何藉口，不再。

「快放開她！」啓恆和冬翔衝上前去，四人扭成一團。

情況危急，雲珊尖叫呼喊，只盼這野人鬆手，就在這時慧兒也衝了出來，她奮力舉起石塊砸向那名野獸般的男人，那野男人肩膀受痛，終於鬆開雲珊。這時慧兒衝上前想拉起雲珊，但野男人反手抓住慧兒衣領，嗤一聲撕下一大片來。跌倒在地的啓恆重新站起，使盡吃奶力氣，從背後緊緊勒住那名野男人，慧兒趁勢往前撲倒，衣服雖然破了，但幸好沒被抓住。

「學長小心！」冬翔大叫，但卻不敢上前。

因爲啓恆和野男人扭打在地上滾作一團，兩人不知不覺間已接近之前野男人所站的那塊大石，大石塊的右側正是一道寬約兩公尺，深度卻至少有三、四十公尺的山溝。要是失足跌下，非摔斷脖子不可。

眼看啓恆不是那野人的對手，就要和那野人一起滾落山溝之時，原本驚嚇過度，淚流滿面的雲珊忽然一面尖叫，一面抱起慧兒搬來的石塊，毫不猶豫地衝上前，重重地向那野人擊去！

雲珊的念頭很單純，她只是想救啓恆而已。可是，當她發現那名野人後腦被打碎，腦漿和鮮血迸裂狂噴時，她才意識到自己做了什麼。被壓在地上的啓恆根本不知道發生了什麼事，他一覺得壓迫自己的力量不再加強，便左足一曲一伸，順勢把那名野男人踢開，這一踢，那名野男人便滾落了山溝。

慧兒和冬翔在幾秒之後才猛然意識到在剛剛不到一分鐘的時間內到底發生了什麼事。慧兒全身顫抖，她走近雲珊，雙手扶住就快要暈倒的雲珊。而冬翔也急忙上前扶起渾身是傷的啓恆。四人同時感到無比驚駭，不由得雙腿一軟，就這麼在原地坐下。

這時家明衝出木屋，他只看到屋外四人渾身是傷，慧兒的衣服被撕爛，雲珊飽受驚嚇，冬翔和启恆看起來就像連幹了十場架那樣精疲力竭。不止如此，屋外這四人身上都散發著一種比以往更強烈的恐懼和不安。不過幾分鐘光景，大家到底怎麼了？

「學長……學妹，發生什麼事了？」家明感到強烈的寒意。他不很聰明，卻也不笨。

慧兒轉頭看向家明，很努力地擠出一句話，「那個野人攻擊我們，後來在打鬥中摔下山了。」

這話聽起來平平淡淡，像是不打緊的小事一件，但家明走向山溝旁，低頭一看。那野男人摔在一片碎石地面，臉朝上，頭部下方的地逐漸變紅。家明呼吸變得急促，倉皇看看著慧兒等人。

這時雲珊哇地大哭，「是我！是我用石頭砸爛他的頭！是我！」

「雲珊……」

大家都想開口勸慰雲珊，可是一瞥見滾落在草地上，沾滿腦漿、鮮血以及一部分頭皮和黑髮的石塊，剎那間誰都沒辦法出聲了——這下可好，鬧出人命來。

奕芳扶著好不容易清醒過來的克維，兩人緩緩走出木屋。沒想到大家都僵著，或坐或站，一動不動，只有雲珊如喪考妣似的伏地痛哭。

奕芳問道，「你們都待在這裡幹嘛？那個瘋子呢？」

「死了。」啓恆目光裡充滿絕望，「他，死了。」

誰也沒心情去搭理木屋裡的女屍了。

第六章 不可活

天色幾乎已完全變黑。入夜後山上氣溫驟降，家明看到慧兒赤裸的背部，於是脫下了自己罩在T恤外的格紋襯衫，要慧兒穿上。一直呆在原地不動的啓恆，忽然之間站了起來。也許是維持太久相同姿勢的關係，他雙腿發麻。

「這是自衛。」啓恆好不容易才迸出一句話。

「……說不定根本不會有人發現。」冬翔的音量不大，但眾人都聽得十分清楚。冬翔打開了手電筒，「只要大家都不說，就會沒事的。」

「這太可怕了！怎麼能不說呢？打算隱瞞一輩子嗎？」奕芳說道，「這件事跟我一點關係都沒有，爲什麼我得一輩子守著秘密活下去？」

「不然呢？把雲珊送去警局嗎？」冬翔嘆口氣，「算了，別理我，我也不知道該怎麼辦才好。」

「現在事情完全變調了，怎麼辦？還有，我們要繼續在這裡待著嗎？」奕芳不安地問道。

慧兒冷靜地說道，「如果我們把屋裡的屍體運下山，警方就會上山來調查，應該就會發現那個死掉的男人。除非，我們也不去管裡面那具屍體。可是，說不定之後上山的人也會發現，到時如果警方找上我們，事情就會變得更加複雜。」

冬翔拿著手電筒，慢慢靠近山溝旁，幾秒鐘後，他忽然啊地大叫一聲！

「怎麼了？！」

「天哪！那個男人——不見了。」

「不見了？！」眾人齊聲驚呼，就連雲珊也抬起滿是淚痕的臉。

大家在山溝邊站成一排，藉由手電筒往山溝看去。地上還有血跡，但是原本有屍體的地方如今卻空空如也！

「太好了，那人根本沒死！」奕芳倒很單純，她拍手叫好，「他一定是自己跑了。」

「幹，媽的，真的嚇死我了。」冬翔也露出一絲苦笑，「只要人沒死，什麼都好辦啊。」

「是啊，喔……我嚇得胃都痛了起來。」

慧兒也笑，她是眞的鬆了口氣。她不敢想像，倘若那人死去，接下來大家會變成什麼樣子。她捫心自問，她並不想假裝什麼都沒發生過，這會讓她內疚一輩子，甚至痛苦到死爲止。她雖然不想看到雲珊受苦，可是眞要到了那個時間，慧兒很清楚，她還是會選擇保護自己。她想著，其他人大概也都一樣吧。然而這些想法都只是轉瞬間的事，既然認定那名野人般的男人只是受傷後自行離去，大家便提振起精神，要回到小木屋之中，完成他們的「預定計劃」，慧兒自然也就無暇細想了。

家明率先摸黑走進小木屋，慧兒扶著雲珊走在中間，七人魚貫走進木屋之中。就在要往房間走去時，家明被一個不明物體絆倒，就這麼跌個狗吃屎，摔在那個略有彈性的不明物體上。木屋裡地上原本沒有什麼阻礙物，眾人均覺得奇怪，家明撐起身體，接過冬翔遞來的手電筒，往地上一照——

那不是什麼不明物體，

而是那名摔落山溝的野男人，

他那滿是鬍鬚的臉上表情猙獰，

銅鈴大的雙目佈滿血絲，

嘴巴張得極大，顯然已經死去。

雲珊腿軟，就這麼跪了下來，連帶正扶著她的慧兒也是。大家急忙退了幾步，你看看我，我看看你，但誰都沒有尖聲驚叫，也沒有開口。大家心裡想的全都是同一回事——

到底是誰把那男人移到小屋裡的？！

黛音在台東火車站坐上了最後一班客運，折騰了個把鐘頭，好不容易才到東鶴村。她已經二十年沒來過東鶴，本以為這世人都不會再來此地。然而世事本難料，人生的事，誰也說不準。

東鶴村大致上沒什麼變。不過就是在村口設了個充滿現代感的大型看板，寫上：「歡迎光臨東鶴村」等字眼，以及在當年沒有柏油的路面上鋪設了柏油，並立起路燈。

路上沒半個人。

東鶴村人口本來就很少，一村尚不到百戶，過了這許多年，恐怕人口外移更加嚴重。一路上房子也不多，全都是三合院式的老屋，有些還維持著當年的模樣。只是黛音在黑夜裡看不甚清楚，同時，她也根本無心懷舊。

走了十幾分鐘，來到一處不甚寬的十字路口，附近沒有民宅，幾乎沒有任何建築物。平常黛音的膽子可沒那麼大，她不喜歡在晚上出門，更何況是到這種鳥不生蛋，人煙稀少，附近全是樹林農田的荒涼所在。她自己也好奇，不知道為什麼，今天竟一絲恐懼都沒有，換作平常，早就風聲鶴唳，被晃動的樹影或是森林裡穿梭的松鼠嚇個半死了。

黛音努力地回想著蕭家的方向，她藉著路燈的光看著十字路口附近的景色，往左邊的路上有棵大樹。黛音依稀對這棵大樹有印象。這是一棵樹齡上百年的杉樹，枝繁葉茂。黛音想了想，便朝著大樹的方向走去。一路上樹影映在近年新鋪的柏油路上，然而黛音卻不知道，自己一面走著，被路燈映照出的身影卻開始極不正常地扭曲起來。

小木屋的門，不知何時已緩緩關上。本想說服自己這世上沒有鬼怪，但眾人都徒勞無功。大家擠作一團，慧兒拿出手機，用手機燈光照著身邊的人——啓恆、冬翔、家明、奕芳、克維、雲珊——

「不！」慧兒驚叫。

「怎麼了？！」雲珊嚇得瞪大眼。

這時所有人都看到了，有名年輕的長髮女子，垂著手，穿著一件白底黃花裙，就站在雲珊背後。奕芳發出更淒厲的叫聲，其實不止一人，那名長髮女子還牽著個大約六、七歲的小男孩。長髮女子的黑髮又長又密，幾乎蓋住了整張臉，只露出一隻充滿怨毒目光的血紅眼珠。

「雲、雲珊，在妳後面……就在妳後面！」慧兒嚇得衝到啓恆背後，一手緊緊抓住啓恆。

不止慧兒和啓恆，所有人都屏住氣息，不敢動彈。那個女人和她所牽著的小男孩，竟然就這麼無聲無息出現——。雲珊兀自一頭霧水，她不明白大家的眼裡爲何透露著如此強烈的恐懼，於是，她緩緩轉頭，這才發現竟然有個女人就這麼緊靠著自己站立。如果對方是人，她多少可以感受到一點點體溫（因爲身體十分之近），可是，那女人和孩子根本就是幻影般的存在。但雲珊知道那不是幻覺，女人從頭髮下露出的紅色眼睛，就像是那天在衣櫥裡盯著自己的眼睛！

又走了近二十分鐘，黛音終於認出通往蕭家的那條小路。她深吸一口氣，挺直了背，加快腳步往前走去。一路上，她都在想像蕭家此刻變成什麼模樣了。雖然只去過一次，但印象卻極深。

她想起玉龍的父親無助地躺在行軍床上的樣子，還有那個女人和孩子。那個女人長得眞美，可是說話卻顚三倒四，行爲怪異……。不知道蕭家那座三合院現在是否有人居住——一想到這裡，黛音才驚覺自己糊塗：

蕭家想來怕已成爲廢墟多年，附近也沒有什麼鄰居，自己根本沒地方可過夜。

然而，黛音仍快步前進著。

她不明白這是爲什麼，只覺得這是非做不可的事。一股命運的力量正把她往蕭家推去。她知道該向那個女人道歉，也許此行眞的就是爲了憑弔，彌補她多年來的自私。自私。黛音很想甩掉這兩個字，下意識走得更快了。不停往前疾行的黛音，依舊未曾注意到，地上反映出周圍景物的影子，但她自己的身影已經全部消失，彷彿被什麼吃掉似的。她沒有影子。

小路盡頭是座三合院，很小的三合院，看來的確是荒廢多年，木質大門敞開著，鉸鏈咿呀作響。院子裡長滿各種植物，最多的還是芒草。在月光下，這裡就像是隨時會有穿著清朝官服的殭屍出沒的電影場景。路燈的光照不到屋裡，幸好今晚有月色，黛音站在門前好一會兒，才踏上石階。

穿過雜草叢生的庭院，她走進客廳。許久沒人來過了，屋子裡空蕩蕩的，只有那張行軍床還放在原位。玉龍只說過一次，關於他父親的死。父親走得很急，也好，他已經被折磨太多年了。就這樣輕描淡寫帶過。她知道自己爲什麼沒追問，不是不好奇，而是怕聽到和那女人有關的事。

可是，如今她卻獨自一人來到這裡，想要見見那個女人。

黛音其實挺相信媽媽對方丈所說的，那個女人應該已不在人世。今天不知哪來的勇氣，黛音竟有種「即使是鬼魂也好，我想見見她」的想法。所以她現在在這裡。一路上，這種想法並不清晰，直到此刻，她愈來愈清楚明白自己的想法。是命運也好，是自己的選擇也好，她非來不可。

然而接下來她所做的事，卻連自己都覺得可笑萬分。她像是一個訪客，環視著這所房子，輕輕對空氣說話。

「妳在嗎？」

黛音一點兒也不覺得害怕。就算她發現一道淡淡的身影在房門前出現，她依舊未曾感到恐懼。這種情況，就像是大腦裡對恐懼的感受已經完全被迫中斷那樣，不管看到什麼、發生什麼，黛音都不覺得可怕。她甚至覺得怪異，爲什麼自己不害怕。

有著一頭又黑又長的頭髮，那女人的身影愈來愈清晰。她沒變，二十年來都沒變，仍十分漂亮，就像當年見到時一樣。女人看著黛音，臉色無喜無怒，像是蠟像似地。

黛音主動開口，她想不到什麼開場白，於是單刀直入，「看到妳還徘徊在這屋裡，我就知道妳是心懷怨恨而死的，所以一直停留在此，無法超生。我……我一直想向妳道歉。無論如何是我錯了，對不起，非常對不起。其實這二十年來我也不是很好過，我總是內疚。如果，如果玉龍沒把子奇送走，我一定會全心全意照顧那孩子的。可是……所以我總覺得，我欠你們母子太多了，只是以前從來都不用去想、去承認。」

那女人仍沒有表情，像個人形立牌似的，靜止。

「我不知道該做些什麼，才能讓妳消除怨恨。」黛音苦笑，「換作我是妳，也許我也沒辦法就這麼離開這世界吧。」

「說完了嗎？」女人終於發出聲音，她的形影依舊不動，但聲音卻狂笑著，那種笑聲像是在人骨上刮肉似地令人作嘔。「我很愛我老公，所以，不管他對我做了什麼，我都能原諒，只要不對子奇下手，我都無所謂。這就是妳和妳女兒能平安活到現在的原因。可是，就在剛剛，妳的寶貝女兒殺了我的兒子——妳知道，一個做母親的人，最不能忍受的就是孩子受苦。妳一定能了解的，對吧？」

「妳、妳在說什麼？雲珊……殺了子奇？怎麼可能，他們從來就沒見過。不可能的。」黛音內心極度激動，但是聲音卻出奇冷靜。

「妳馬上就可以親自確認了。」那女人的形體變淡，沒有表情的臉最後一點也不剩地消失在屋裡。「妳想知道我那親愛的老公爲了妳做出什麼事嗎？我猜妳一定很好奇，呵呵呵呵。」

黛音依舊沒感到害怕。屋裡很靜，所以有什麼風吹草動便聽得十分清楚。地上傳來窸窸窣窣的聲音。只見一根繩索宛如有生命的蛇，就這樣向黛音游過來。黛音明知道自己此刻理當尖叫著逃開，但是她卻什麼都沒做。她既不覺得害怕，也不想逃。身體裡可以感應到恐懼的部分，已經被控制住了。從村口通往蕭家的那條路，就是一條死路。

那根繩索像是有生命力，充滿了力道似地高高揚起，迅速朝著黛音的頭部飛去，並緊緊地纏上她的脖子。黛音知道將要發生的事，繩索的另一端會飛過屋樑，然後把自己吊起來。

她閉上眼，很好奇自己爲什麼不怕不抗拒。

她應該要拔腿就逃才對。不懂。

「讓妳看看他對我做了什麼好事。」女人的聲音好像就在耳邊低喃。

黛音雖然緊閉著眼，就在呼吸益發困難，腳尖逐漸離開地面時，一幕幕影像在她腦海裡飛嘯而過。玉龍毒打著那個女人，他發狠地用繩索吊死那個女人——他怎麼可以——這個女人守著蕭家，替他照顧父親、生了孩子；結果下場是什麼？被丈夫親手吊死？！可是，玉龍對黛音說的是，他把那女人送去治療、送到了療養院去！

黛音的眼淚和鮮血同時溢出眼眶。她不覺得自己在哭，不覺得恨，不覺得怕，不覺得想求生。意識就快要模糊了，當年如何和玉龍相識的畫面像電影預告般出現，然後還有雲珊……

黛音的腳離地面愈來愈遠了，像是愚蠢的木偶般，她身體不由得反射動作，宛如在半空走路似地搖晃著。上吊的痛苦度不高，黛音沒受什麼折磨——。經歷了一段意識完全空白的時期後，黛音發現自己又回到了地面上，她抬頭看著半空中自己的身體。她細細端詳自己的死相。眼中的血像是誇張的戲劇化妝，兩條紅色直掛在青白的臉上。那麼現在呢？接下來呢？她是不是該去什麼地方？她知道自己已死，但卻不知道何去何從。

穿著白底黃花裙子的女人出現，這次她的身影看得十分清楚。「我知道妳在想什麼。死後，不是應該去另一個世界嗎？對於正常死亡的人來說，是的，應該如此，那個世界會來迎接死者才對。可是對於我跟妳這種冤死的人來說，我們就只能留在這世上徘徊不去。沒有解脫、超生的一天，沒有。很奇怪，愛不能永恆，但痛苦卻可以。」

「不、不要！」

人在驚慌恐懼時，所能想到的字句都是最直接最單純的。處於驚嚇的人們不會試圖用什麼華麗詞藻說服帶有攻擊性的對方用理智處理這一切，他們所用的詞語非常簡單，「不要」、「救命！」、「別過來」、「求求你放過我」。大致上就是如此。

現在木屋內的情況差不多就是這樣。

唯一比較不同的是，帶著平安符的慧兒還有身上有難香的啓恆和克維，三人所感受到的恐懼並沒有那麼強烈。但這是基於比較性的說法，實際上他們依舊嚇得渾身發冷。

雲珊想要退後，想站到大家身邊，但是腳卻動不了。克維和家明猛然伸手，分別站在雲珊身側，打算把她拖走，可是體態輕盈的雲珊此刻卻像是泥塑木雕的假人，十分沉重，克維和家明根本沒辦法「移動」雲珊。

「你們別管我！快走！」雲珊淚如雨下。

先前受到嚴重攻擊的克維只好迴身擋在雲珊身前，他沒辦法出聲說話，只是急忙從口袋裡拿出難香，像是抓著十字架似地，對著眼前這不知道是人是鬼的怪物。長髮的紅眼女人不以爲意，笑了，一咧嘴，已經變黑變綠的舌頭便從口中伸出一截。

家明並肩站在克維身邊，強忍住害怕，大叫，「妳要幹什麼？」

「私人，恩怨。」

那女人的雙眼翻白，不停往上，她的喉頭發出奇怪的聲音，她那隻沒牽著孩子的手緩緩舉起，指著雲珊。現在，大家終於知道那篇扶乩說的是誰了。要承擔父母過錯的人，是雲珊。雖然不知道她的父母當年做過什麼事，但這是無庸置疑的。對方要找的人是雲珊。

雖然在一瞬間感到欣喜，慶幸原來不是自己，但這個念頭很快就被恐懼、慚愧和同情沖淡。這是怎麼回事——就在如此緊要關頭，大家竟然還額手稱慶，幸好自己不是那個背負可怕命運的人。

一向熱血的家明仍想保護雲珊，大叫道，「雲珊是我們的朋友，妳不能傷害她！」

雲珊感激地看著家明，可是她知道，自己根本沒有半點想活下去的慾望。就在剛剛看到地上那名男子屍體的時候，雲珊就產生想要自我了斷的念頭。那人終究還是死了，自己是兇手，顯而易見。

「雲珊！」慧兒想上前拉住雲珊，但奕芳和冬翔卻阻止了慧兒。

奕芳大哭，「跟我們沒有關係！慧兒，妳幹嘛那麼傻？」

「怎麼會沒關係，家明是對的，雲珊是我們的朋友！」

慧兒掙脫了奕芳和冬翔的手，想要往前，但是卻在瞬間——慧兒、啓恆和克維像是被人狠狠打擊後腦似的猛然軟癱倒地，昏了過去，奕芳、冬翔和家明則像是失去行動能力似地無法動彈，就連眼睛也無法眨一下。而這時，一隻濕黏冰冷的手，橫過了家明的肩，指尖輕輕滑上雲珊那張美麗蒼白、滿是淚痕的臉。

「妳知道妳的存在，對我而言是什麼嗎？不知道吧。妳知道妳的存在，對我們子奇而言，又是什麼嗎？」

那女人的紅眼珠慢慢地，慢慢地，好像可以自由控制似地往前突出，雲珊想閉上眼別看，但卻沒有辦法。仔細看，那女人的眼球其實並不是那種深層的紅，正確來說應該是由於血管爆裂，鮮血被壓迫在角膜下造成的，帶著一點點光澤的紅。紅色眼珠有大半都脫離眼眶了，原來瞳仁在整個眼球上所佔的位置竟是這麼小。雲珊感覺心臟幾乎就要不堪負荷。她想開口哀求，如果妳眞這麼恨我，就殺了我，讓我死掉，不就好了嗎？不要這樣——

女人的聲音倏地變得輕柔和緩，甜甜地，「妳跟妳爸眞像……都不想看我……奇怪，怕什麼呢……」

「妳、妳在說什麼？！」

小木屋裡清醒的其他人都無法動彈、開口，充斥著一種血腥的寂靜感。

「妳爸爸很壞。但沒關係。」女人的臉愈來愈貼近雲珊，她一張嘴就有濃濃的，像是發臭的動物屍體那樣的血腥味。女人還是甜甜地說，嬌媚萬狀，「丈夫是我的天。」

「我、我不懂妳在說什麼！我聽不懂，一個字都不懂！」

雲珊幾乎可以感受到那對眼珠就要碰上自己的臉。她急得哭了，但眼睛眨不了，淚水在無法眨眼的情況下流出，會疼。

「雖然，我不惱恨他，我還是如此愛他，可是——妳知道，他得付出代價。其中之一，就是妳。」女人的眼珠，滑滑的，沾著她的臉。

女人的手指像是一隻灰色蜘蛛，爬到了雲珊臉上。明明就已經發黑乾枯的手指，力量卻極大，拇指一按，食指一施力，就這麼陷入雲珊的臉。鮮血流淌。接著是中指和無名指，五根指頭就這樣緊緊抓住雲珊的粉頰，然後，女人的指頭慢慢、慢慢收緊。就像是伸手進入揉好的麵團之中，用力撕抓一球起來——被抓下、扯下的血肉和著皮膚潮濕的啪噠聲落地，雲珊的臉像是被剜肉似的，露出一個血淋淋的大洞，齒床白骨森森。那女人手上牽著的孩子，甩開女人的手，衝上前，蹲在地板上，撿起雲珊的血肉，仔細地聞著，然後伸出舌頭舔了一口。

報應到，死臨頭，

子女擔，父母錯，

鬼纏身，有大禍，
恨索命，關難過……

雲珊叫不了，她的腦海裡除了痛、恐懼之外，就是不停地重複著那扶乩的結果。不停重複，彷彿有第二個雲珊在她的身體誦唸著那幾句話。女人的手指移動，這次整個手掌就這麼覆蓋在雲珊的鼻子上。鼻骨是軟骨，因此那女人狠命一扭，雲珊的鼻骨就這麼應聲而斷。女人用銳利的指甲劃開周圍的皮肉，把整個鼻子擰了下來，丟到地上。那孩子又撿起了。

奕芳、冬翔和家明三人就這樣被迫看著雲珊的臉被那女人慢慢撕裂、剝下，當那女人用拇指和食指把雲珊的上唇往上撕裂時，奕芳幾乎能想像那種恐怖的疼痛。血無聲地染紅雲珊。很快地，雲珊的臉空無一物了。一隻掉落在地上的眼球正對奕芳。奕芳感到腦海裡有個什麼東西斷掉了。

啪一聲。

冬翔和家明也是。

慧兒感覺臉沾上什麼又濕又黏的東西。她想坐起身，但渾身上下疼到了極限，那種疼痛十分怪，好像在肌肉和骨頭裡灌上鉛似地沉重。慧兒很努力地張開眼，只見家明倒在地上，瞪大眼和慧兒四目相望，兩人距離不過十公分。慧兒倒抽一口氣，卻覺得呼吸裡全都是血腥味。

她花了近一分鐘的時間，用不靈活的手臂撐起上半身。這裡是小木屋沒錯。冬翔的手電筒在地板上，白光已經變得十分微弱。大家都倒在地上。慧兒動了動身體，她急急站起，顧不得蹣跚腳步，向著離自己最近的家明撲去，用力地搖晃他。

「家明學長！姚家明！」

家明的身體僵硬，但還有呼吸，眼睛仍瞪得老大，活像是因爲沒有眼皮而只好睜著眼入睡的魚類。家明仍沒有反應。慧兒接著又轉身，這次是幾乎和她同時喪失意識的啓恆。

「學長！學長，你醒醒！」啓恆的狀態比家明好得多，似乎只是昏倒了。

過了近半分鐘，啓恆像是被驚醒似的忽然睜開雙眼，他驚叫一聲，用力推開慧兒。慧兒沒生氣，反倒有鬆口氣的感覺。

「這是……這是怎麼回事？」啓恆只覺得胸口奇痛無比，一呼吸，肋骨便喀喀作響。

「我也才剛醒來。大家好像都驚嚇過度的樣子。到底發生了什麼事啊？我只記得有個人不人鬼不鬼的女人出現，然後就什麼都不記得了。學長你呢？」

啓恆搖頭，「差不多吧。那女人……是要找雲珊的。」

「對！那時才知道，扶乩的結果，是在說雲珊！」慧兒捂著胸口，她感到心臟就快停了。

「妳還好吧？」

「還可以。」

「噢呃——」躺在角落的克維悠悠醒轉，像是長眠千年才甦醒的木乃伊，發出不甚暢快的呻吟。

「克維學長！」慧兒奔向他，「你沒事吧？」

克維一時間還搞不清狀況，只覺得右手掌有一股被燒燙的燒灼感。他舉起手，在慧兒手電筒的白光下，看到他的手心被燒得焦黑，散發著一股焚香的氣味。是難香！那根難香發揮了作用！

「慧兒，妳的平安符呢？還有，啓恆，你的難香——」克維叫道。

慧兒從領口翻出平安符，原本是紅色和黃色的紙符，現在卻已燒成了黑色紙灰，手一握，仍有餘溫。而啓恆的牛仔褲口袋也燒穿了洞，香灰從口袋中散落一地。

「這樣看來，我們三人應該還好。那其他人呢？」

克維不管身體如何不適，他努力站了起來。慧兒、啓恆和克維分別扶起地上眾人。他們也同時發現，奕芳、家明和冬翔的狀況都十分詭異。他們全都瞪大著眼，然而卻毫無意識，像是人偶似的。呆滯，沒有反應。慧兒不太敢看他們的眼睛，他們的雙眼像是假的玻璃球，像是SD娃娃那樣，明亮，但也沒有任何反應。

「我最後的印象是，我拿出了難香，跟家明站在一塊，想要保護雲珊。」克維看看四周，「可是……」他不願猜測什麼，只問，「你們有看到雲珊嗎？」

慧兒和啓恆同時搖頭。

猜也猜得到，雲珊恐怕眞的應驗了扶乩的結果。她是無辜的。可是，就像很多時候，人們無法了解爲什麼好人會死於非命，會過著一點兒也不幸福的日子。而壞人卻能開開心心活著。很多事沒辦法解釋。就像慧兒三人無法解釋平安符和難香到底爲什麼會化成黑灰。

啓恆走到原本吊著女屍的房間，他一驚，本能想嘔，也想哭。他知道雲珊躲不過，可是沒想到會這麼慘。

「雲珊在房間裡。」啓恆一手撫胸，只覺可憐。他提醒，「很慘，你們要有心理準備。」

克維和慧兒互望一眼，還是走了進房。地板上仍鋪著油布，油布上放著三具屍體：摔落山溝的野男人、風化的女屍和可憐悽慘的雲珊。雲珊那張漂亮的臉被撕爛，臉上有著大大小小的黑洞，眼窩是空的，彷彿可以看到顱內。血肉模糊。但更奇怪的是，原本被層層黑髮包覆住的女屍，現在看起來卻十分平常，只是風化而已，那些像蠶繭似的黑髮全都消失了，恢復成正常長度。那女屍身上，正穿著大家在夢裡看見的白底黃花裙。

慧兒忍不住奪門而出，跑到屋外吐了。克維和啓恆也慢慢走出木屋。現在是清晨，太陽昇起，遠方雲彩片片。美麗的天色和小木屋裡的慘況形成強烈對比。啓恆走近慧兒，輕輕拍拍她的背。

誰都不想說話，只覺太累。

眞的，太累了。

東鶴村已經好幾年沒這麼熱鬧滾滾。又是警方，又是救護車。村裡那條平時總覺得十分寬敞的雙線道，此刻看來擁擠異常。

慧兒和啓恆揹著奕芳下山，克維自告奮勇要留在山上照顧冬翔和家明。其實，他們倆根本不需照顧，看起來，他們再也不會動了。慧兒他們一下山，就衝進村裡的派出所報警。警員們依舊不太相信。看到了像是中邪的奕芳之後，才終於派人上山徹底搜索。結果，的確在小木屋裡發現了三具屍體。

派出所裡一片混亂。當克維終於下山，警員陪著虛弱無比的他走進警局時，啓恆和慧兒才終於鬆了一口氣。三人坐在籐編長椅上，之前見過一面的陳警官泡了三杯加了許多糖和奶精的咖啡給他們。

看著警方忙進忙出，慧兒卻有種想笑的衝動。她很慶幸，有種又回到人世間的感覺。過了一會兒，陳警官想了想，還是把慧兒等人全都送上車，要他們到醫院去檢查身體，有病房的話最好住個兩晚，觀察看看。

「眞是想不到！」村長大步走進派出所，那張肥肥的臉堆滿驚訝，「想不到上次這群年輕人說的屍體和木屋是眞的！」

陳警官皺眉，「是啊，再怎樣也沒想到。奇怪了，上次阿標跟阿胡上山去看，也都沒看到啊！」

村長了然於胸，「我知啦，上次八成遇到鬼打牆！」

「村長大人，你喔，這種話我也不能寫在報告裡。」陳警官無奈笑笑。

「不過，我看這次眞的會上頭條喔。」

村長自言自語。他倒不是幸災樂禍，只不過沒什麼特別的同情心就是了。說到底，他還是打從心裡認定，全都是這群貪玩的大學生自己惹出來的，怪不了別人。只是，這話無論如何說不得。

「是啊，一定見報。你是沒看見，那個死掉的女生眞的很恐怖，臉上的肉被一塊塊挖下來。鼻子眼睛都沒有，臉上像是有好幾個大洞。太殘忍了。」陳警官幹警察已經十幾年，從來沒見過死狀這麼可怕的女屍。

「說有三具屍體，另外兩具咧？」村長倒是懶得想像，也好，這使不害怕了。

「有一具大概不到三十歲的男人屍體，後腦被打碎了，腦漿和血噴得身上都是，一塌糊塗。另外一具就是那時學生他們發現的女人屍體。看起來很多年了，都快變成乾屍。說來也奇怪，竟然沒爛掉。」

村長還是不解，「奇怪了，我們都是從小在東鶴長大的，怎麼不知道山上還有小木屋呢？而且，這麼多年也沒人發現。」

「誰知道，冥冥之中老天自有安排吧。」

「是啊，是天意喔，我看。」村長聳聳肩，「等一下回去，一定很多人跑來關心案情。」

「有什麼好關心的，唉！」陳警官話聲剛落，突然有名年輕警員帶著一名歐巴桑衝進派出所。

「不好了！有人上吊！」歐巴桑跑得氣喘如牛，腋下還夾著一隻小黃狗。她叫道，「那邊，那棟蕭家鬼屋啊！裡面有人上吊自殺啦！」

「阿土嬸，妳坐下來慢慢講啦！」陳警官霍地轉身，瞪著那名年輕警員，「小丁，這是怎麼回事？」

小丁緊張兮兮，剛剛可是他這輩子第一次見到吊死的屍體啊！他試著裝冷靜，「報告長官，剛剛我在巡邏，聽到有人尖叫救命，原來是阿土嬸，她抱著一隻狗從那棟蕭家鬼屋跑出來，她叫我進去看。報告長官，阿土嬸沒騙人，有名婦人在蕭家鬼屋裡上吊了。」

「幹，今天是怎樣——」陳警官和村長連忙起身，陳警官問阿土嬸，「蕭家鬼屋不是沒人敢靠近嗎？都說那裡鬧鬼鬧得很嚴重，阿土嬸妳是跑進去幹嘛？」

「啊就我家旺旺跑進去，我叫了半天牠不出來，只好進去抱牠出來啊！」阿土嬸也嚇得半死，沒好氣地回答，「啊不然警察大人你以爲我吃飽閒閒沒事去抓鬼喔？」

陳警官沒奈何，只得與村長快步走出派出所。臨走前他滿腹疑惑與牢騷。他實在是不懂，今天到底是怎麼了。

在紐約這幾天，玉龍總覺得有很不祥的預感。他甚至夢到家裡牆上的全家福照片被撕裂。夜裡他無法克制地想起死去多年的父親。奇怪，他以前從來不覺得父親跟自己之間有什麼連繫，可是這幾天在華爾道夫飯店那高級華麗的套房裡，他一躺上床，就會想起老父親在行軍床上的樣子。玉龍第一次想到：老爸他恨我嗎？他是不是恨我把他交給那女人照顧，後來才會造成他那樣死去？玉龍在心裡問著自己，但隨即又覺得可笑。

從那時開始已經過了二十年了！二十年，如果是他懷著怨恨死去，他哪可能等到二十年之後才報仇？！是吧？君子報仇三年不晚，不是二十年不晚啊！他勸慰自己，要寬心。雖然最近因爲雲珊的事一直讓他擔憂起當年的「問題」，可是他深信不會有事的。

能有什麼事呢？嗐，眞是。他已經不年輕了。這一生他沒見過什麼科學難以解釋的事。當警察時如此，後來改行從商更是如此。他記得考上警職的第一年，就有長官們在辦一起重大刑事案件，一名丈夫涉嫌毒害妻子。大家都認爲那名丈夫動機十足：他的妻子剛繼承大筆遺產；也認爲那名丈夫有能力下毒：他是位出色的醫生——不過，這案子卻未起訴那名「根本就是兇手」的丈夫。因爲證據不足。注射毒液的器具沒有找到，檢察官認爲所謂的動機只是大家影集看太多之後的聯想……那名丈夫在獲釋不久後就和自己診所裡的護士結婚，從此過著幸福快樂的生活。世界上沒有什麼天理循環這種東西啦，有的話，冤獄從何而來？那些害人之後又能逍遙法外的傢伙，爲什麼都還活得很好？總之，玉龍認爲，那件殺妻疑案給了他很大的啓發。甚至有點暗示的意味，一種恐怖的暗示，指點他最後該走上的路。

那女人很愛他。他在想。其實，那不是愛吧。不管那女人嫁給什麼人，她都會去愛對方，她有一種怪異的執念，篤信著那種執念。她不正常，一直都不正常。而自己只不過是個想擺脫瘋子糾纏的人，到底哪裡錯了？

回到桃園機場時，大約晚上九點多，加上入境、領行李——到家時已經將近午夜時分了。從機場打電話回家時，家裡沒人接，玉龍不以爲意，他提前兩天回來，事先也沒通知，說不定黛音帶著雲珊出去旅遊了。他出國前雲珊的狀況很不好，如果能出去走走也不錯。

公司派來的司機替他把行李提到電梯口。在電梯緩緩上升時，玉龍掏出了鎖匙。這棟大廈是台北市有名的豪宅，電梯寬敞得跟半間小套房一樣大，如同某些歐洲酒店，裡面還設有長椅。

走出電梯，玉龍忽然打了個寒顫。像這樣的豪宅，每層樓的公共區域也都設有中央空調。不知道是不是太冷了，玉龍感到十分不適。

「我回來了。」

玄關和客廳都沒亮燈，但可以看到走廊另一端的廚房卻透著燈光。玉龍本以為沒人在家，看來大概她們也才剛回來，說不定在煮宵夜呢。但，屋子裡的氣味有點糟。像是買了什麼品質低劣的發酵食品似的，整間屋子裡充滿著一種令人不快的腐敗感。廚房裡傳來輕微聲響，玉龍開了燈，但卻在同時接連後退幾步。他那張好看的臉扭曲成怪異可笑的表情，冷汗涔涔。

從玉龍所站的玄關位置，可以清楚看到以高級水晶吊簾相隔劃分成的飯廳區塊。八人座的高級大理石餐桌前，坐著好幾人。臉上掛著兩條乾涸血痕，頸上纏著繩索的黛音、和當年一樣完全沒變，口裡含著稀飯的父親、臉上只剩幾個血肉模糊大洞的雲珊，還有頭與椅子形成斜角，腦部開了個大洞的男子……

玉龍放聲狂叫，那股淒厲的聲音像是一把利刃，從他的喉頭切割、穿刺而出。那叫聲沒有什麼特別意義，因爲他已無法思考。

不、不、不、不！

這不是他家！這是地獄——這些人都被綁上了餐巾，面前放置著餐具，像是被惡意弄髒的愚蠢娃娃。他想哭，但卻沒淚水。

……廚房傳來一陣腳步聲，以及把發臭的屍體、血肉加熱後散發出的噁心氣味。他的第一任妻子戴著手套，端出一鍋不知什麼東西。她穿著黛音的圍裙，底下是那件白底黃色花朵的長裙。她把那鍋東西放在大圓桌上，轉身，用一隻紅色的眼睛看他，微笑。

鬼咒纏身

「親愛的，你終於回來了。」

慧兒在病床上，一手拿著遙控器。

她的腦海裡迴盪著爸媽剛剛帶來的壞消息：家明、冬翔和奕芳三個人幾乎成了植物人狀態。不管做了多少精密檢查，都查不出到底是腦部受損，還是心理創傷造成的。他們無法動彈，任人擺佈。聽說奕芳媽媽在醫生面前哭得昏厥。慧兒重重嘆了口氣。她該覺得幸運嗎？至少自己還OK，至少啓恆學長和克維學長也都還好……。等出院後，一定要去慈祐宮謝謝那個阿婆。

電視新聞很無聊，而且又帶來壞消息。她喜歡的日本漫畫家出外登山時失蹤了。她一身冷汗。登山。忽然間，主播開始報導國內的社會新聞。

某上市公司總經理蕭玉龍的部分遺體在自宅中被發現，同時在現場還發現了他的妻子柳黛音、女兒蕭雲珊以及另外三具屍體。令警方驚訝的是，柳黛音、蕭雲珊以及另外兩具姓名尚待確認的屍體日前才在台東縣東鶴村山區被發現，理應停放在醫院太平間中才對——

慧兒關掉電視，伸手摸摸片刻都不離身的平安符。這個暑假，究竟發生了什麼事呢？她依舊搞不清楚，不過，她一點也不想知道過去的事。慧兒狠狠嗅吸著消毒水的氣味。狠狠吸著。她想起一句話：

不是不報，時候未到。

第七章

往事

九月一日・雨

這眞是一所小學校！

開學第一天，但我的班上只有六個孩子。雖然之前在會議時就已經知道，不過竟然只有六名新生，在寬敞的教室裡，我還是覺得難以適應。

也許是因爲來到東鶴村之前，我一直在大型學校裡任教的緣故吧，突然來到這裡，我對環境、工作、一切的一切都感到陌生。而陌生帶來了不安和焦慮。我想我應該要努力調整自己的心情才對。

中午放學時天氣還不錯，鄉下最棒的好處就是空氣澄淨。但到下午，要離開學校之時，竟然開始下大雨。幸而帶了傘，否則眞不知道該怎麼辦才好。我租的房子離學校有段距離，騎腳踏車都得花上二十分鐘，一旦碰到像今天一樣的大雨，實在麻煩。

九月五日・雨

今天很妙。

工作上乏善可陳，只能說正在適應中。不過，倒是發生了一件很妙的事。或者，我該說是好事？

今天和前幾天一樣，午後又開始下大雨。據六年級的吳老師說，是因爲靠山的緣故，所以即使到了秋天，依舊會像夏季那樣時常有午後雷陣雨。我想也是如此。只不過，要返家時遇到大雨還是很頭疼的，在東鶴村沒幾個人開車，能讓車跑的柏油路也根本不多，理所當然，不可能有便車可搭。

待雨勢變小，我便騎上腳踏車。我一向騎得不快，加上天雨路滑，我不想慘跌摔進田裡，因此速度就更慢了。大約騎到一半路程時，一輛深藍色的房車朝我按了按喇叭。我剛剛就覺得奇怪，這輛車速度也十分之慢，大概已足足跟了我五分鐘。不知道對方有什麼事，我保持應有的警戒，停下車來。

對方繼續往前開了點，在我身邊停下。這輛車看起來挺舊的，在東鶴村裡，有車階級可說是少之又少。

對方搖下車窗，「小姐，妳這樣要騎到什麼時候啊？待會兒雨又會變大，包妳淋成落湯雞。妳要去哪，我載妳好了。我看妳騎車看了五分鐘，我眞的看不下去，受不了了。」

多無禮多自以爲是的人啊！

不過我只是謝謝他的好意，「不用了，我自己騎車就行了，謝謝。」

「小姐，我不是壞人，妳放心。」他拿出證件，原來是個警察，照片上的他很好看。

既然對方是警察，我就放心多了，「……可是腳踏車怎麼辦？」

「妳就先上車，腳踏車我來處理。」他說。

雨眞的變大了。

再這樣下去，皮包和書都會弄濕，很麻煩，而且我也沒有別的鞋子好替換——我把心一橫，上了那輛車。就在我上車時，那個警察便跳下車，把我的腳踏車放進後車廂中。

「好，這樣就行了。」他回到車上，拍落身上雨水。本人比照片更好看，這人長得眞不錯，還不到三十歲吧，簡直就像電影明星。

「謝謝你。」我說。

「妳好，我姓蕭，蕭玉龍。」他微笑，「需要再看一次證件嗎？」

「不用了，警察先生。」我也回報姓名，「我姓柳，柳黛音。」

「雖然不知道怎麼寫，但感覺上是個很瓊瑤的名字。」他發動車，「妳要去哪？我送妳。」

後來，他送我到家門口，替我把腳踏車搬進院子裡才走。

我沒留他喝茶，畢竟初見面的陌生人，還是保持距離的好。想起來，這的確是很妙的邂逅，不是嗎？忽然間我好像沒那麼討厭雨天了。蕭玉龍，不是個特別好的名字，但本人倒是挺風趣的。當警察的，應該很正派吧，我想。

九月十一日・雨

蕭玉龍給我一種神出鬼沒的感覺。晴朗的好天氣一結束，他就像是某種雨量指標似地出現了。開的依舊是那輛深藍色房車，在雨裡，看起來是相當憂鬱的顏色。他今天說，我看起來不像東鶴村的人。

「我不是啊，我是台北人。」我答道。

「台北人？好好的跑來東鶴幹嘛？」他笑。

「工作啊。」

他看看我，「來小學當老師？」

我一驚，「你怎麼知道？」

「會從繁華台北來東鶴的人，不是傳教士、醫護人員，不然就是老師。醫院裡我常跑，沒見過妳；教會裡外籍人士比較多，所以也不像；看妳的打扮，應該是當老師的才對。」

「不愧是警察大人，觀察力和判斷力一流。」

「所以我猜對了，妳是新來的老師？」

「是啊。」

「這裡很落後，妳一定很不適應吧？」

「是有點。不過，再過一陣子應該就沒問題了。」這次換我發問，「你平常都在派出所工作？」

「其實我最近放長假。」蕭玉龍說道，「我本來也不是在東鶴執勤。這裡是老家，放假才回來。」

「那工作的地點是在哪？」

「之前在花蓮市。不過，假期結束後會有調動。」

看似很無聊的對話，可是我卻感到十分開心。其實我在東鶴的日子真的很難捱，學校裡的老師大部分都比我年長許多，他們甚至有把我當作學生而非同事看待的傾向。當然，除了同事之外，我的朋友全都在台北，所以我在東鶴根本就是過著非常寂寞的生活。

好不容易認識了比較談得來的朋友，我覺得很慶幸。何況，又是個好看的人，即使坐在他身旁，也都覺得賞心悅目。寫到這裡，我自己都覺得有點自作多情的傾向。就在寫日記的此刻，窗外也依舊下著雨。不知道明天會不會是好天氣。

九月十九日．晴

現在，到底是什麼情況，其實我不太清楚。最近，即使是晴天，他也會駕車出現在學校附近。這意味著什麼呢？

今天心緒紛亂，我不知道自己在幹什麼，一直故意從他的話中找碴挑毛病。其實他什麼都沒說，也沒惹過我，可是，我就是想跟他吵架。這算什麼心態啊？我眞是不明白自己的心。下車前他好像不太高興，他想知道自己是不是對我造成困擾了，是不是不該出現。

「妳男朋友可能會不高興吧。」他說。

「什麼？男朋友？」這種試探的說詞實在不怎麼高明。

「像妳這樣的女孩子，一定有男朋友吧。」

「我沒男朋友。」我索性正面回應，「從出生到現在，二十三年來都沒有。」

說完，我就下車了。他沒說什麼，也沒有搖下車窗揮手，總之，什麼表示都沒有，就這樣開車離去。

回家時在信箱裡收到家裡來信，媽媽風濕的老毛病又犯了。我回了信，說這星期會搭車回台北看看。我想是該回去一趟了，老是困在東鶴，我就免不了老是想起那位警察大人。我真的不懂他在想什麼。

九月二十三日・晴

今天中午就回到東鶴了。

沒想到他竟出現在家門前。他說很無聊，來探望我。我請他進屋裡坐。恰巧媽媽給我準備了罐裝咖啡帶回來，於是就在客廳裡一塊喝咖啡。坦白說我很緊張，這是我第一次這麼仔細看他。

現在想想，其實蕭玉龍這個名字還不錯嘛，聽習慣也就好了。他很好笑，要我寫自己的名字給他看，他說不知道我的名字怎麼寫。我找了張便箋，把字寫得極端正。他笑，說這字一絲不苟，跟我本人如出一轍；又說我名字好聽，很適合我。雖然可能是奉承話，但聽起來不刺耳，也不虛僞。

「這裡不錯嘛。整理得挺乾淨的。」他張望著。

「嗯，就是昆蟲多了點。不過，只要沒有蛇就行了。」我說。

「就妳一個人住？」

「房東偶爾會來看我。房東就是我們學校的校長夫人，有點奇怪，但人還不錯。她也是怕我一個人住不方便，會害怕，所以有時會來走動。」

「不過，這裡離學校很遠。」他突然又笑了，「要是我假期結束，以後下雨沒人接妳，怎麼辦？」

「我有雨衣、雨鞋，沒問題的。」

「看來，我好像沒什麼利用價值喔？」

「我也沒想過利用你啊。」

之後他沒待太久。雖然這附近沒有鄰居，但誰知道會不會有人看見。還是避避嫌吧。他是那樣說的。我在心裡想，這人還算紳士。可是，當他一走，我又開始百般無聊。

他之前的話鑽進我腦海。也許他的假期結束之後，我們就沒什麼機會再見面了吧。想著想著，我有點不開心，也有點生氣。哎，就是這樣，還能怎樣呢。

九月二十七日・陰有雨

他今天沒開車，也沒送我回去。只說來見我一面，問我明天教師節放假，有沒有計劃。他一問，我就竊喜。後來他也沒說要去哪，就只說明天早上來接我。之後，他便先走了，好像還有事要忙。

不知道明天要穿什麼才好，回家後我幾乎沒把衣櫥翻爛。當初來東鶴時，只覺得是要任教，帶的全都是極樸素的衣服，全都是襯衫和單調的裙子。放假時還穿成那樣，自己都覺得不妥。幸好發現了一件淡粉色長裙，看起來很柔和。當初在台北整理行李時，還猶豫了很久，覺得這件裙子實在沒必要給行李增添重量。不過幸好還是帶來了。

明天到底要去哪呢？這算是約會嗎？我覺得有點不好意思。就連把這種心情寫在日記裡，都覺得多少有點難爲情。

九月二十八日・晴

我猶豫了很久，想寫下今天到底去了哪些地方，吃了哪些美食，還有他待我多好。可是，最後我想全部跳過。今天很值得紀念，晚上回家下車時，像電影似的，我們接吻了。這本日記絕對不能讓任何人看見，否則我一定會瘋掉的。

十月三日・陰

他的假期到五號結束。這幾天一下課我就和他膩在一起。幸福是件簡單的事，此刻我覺得太幸運了。但接下來他有點事要處理，沒辦法常來找我。我猜是他父親的事，他說他父親癱了很多年，現在連神智都不清楚了。我說沒關係，他笑。他總是愛笑，也好，我喜歡看他笑。

不過，學校裡倒是有些紛擾。課務組那裡，說有一名今年該入學的一年級新生遲遲沒有來上課，雖然聯絡到了家長，可是家長也不聞不問。東鶴村雖然人口稀少，但幅員卻不小，學校方面有點困擾，想要去確認看看情況。我是一年級的導師，這件事我責無旁貸。不知道那孩子家裡有什麼事，希望情況不至於太複雜。不過，根據電話聯絡的結果，那位新生的媽媽好像說起話來顛三倒四，有些奇怪。想想這也合理，一個正常的媽媽，怎麼會不讓孩子來學校上課呢？是吧。

今天收到媽媽來信，她最近身體好得多了，想來東鶴探望我。不知道是我回去好呢，還是讓她來一趟？東鶴眞的挺遠的，來回很累，考慮之後我還是回信要她別大老遠跑來，我有空時就會回台北的。

明天下午放學後，我應該就會去拜訪一下那位新生。我在想是不是找個同事陪我一起，不過，其他人未必願意辛苦跑一趟。畢竟，那跟他們無關，是我班上的學生，我去就應該夠了。希望那位同學的媽媽不是個恐怖的變態。我在寫什麼啊？這陣子大概司馬中原的小說看得多，老是胡思亂想。眞是的，子不語怪力亂神啊，我不該忘的。

十月四日・雨

瘋了。

眞的瘋了。

如果不是這次的家庭訪問，我永遠都不會知道他已經有老婆，甚至兒子都已經大到可以上小學了。他怎麼能這樣對我？我這輩子永遠都忘不了那座陰森的三合院，在朱紅色大門打開後的情景。

那女人，不，應該說，名正言順的蕭太太——她長得很美，看得出有原住民血統，皮膚黑了點，頭髮又長又亮，眼睛大大的——她很熱情地迎接我，知道我是學校老師，對我很客氣。

但是屋裡一直有股味道，病人的氣息。客廳角落擺著一張破舊的行軍床，上面躺著一位老人家，在十月天裡蓋著極厚的棉被，蒙住頭臉，一雙腳卻露在棉被外。我一度懷疑他能不能呼吸。

屋裡很寬敞，甚至可以說空曠。除了老人家躺的行軍床外，只有兩把竹製矮凳放在水泥地上，沒有沙發，沒有茶几，連一把高度正常的木椅都沒有。蕭太太請我坐下，然後到後面廚房去倒了杯看起來混濁的地下水給我。她長得眞是漂亮，可是卻給人一種不舒服的感覺。後來她領孩子出來，那孩子也長得很好看，名叫蕭子奇，今年七歲，本該是我班上的新生。

本來，到那時爲止，一切都還好。後來，蕭太太說她的丈夫就要回來了，要我和蕭先生直接談談子奇的就學問題，她苦笑，說她一直沒辦法作主。於是，我只好在屋裡等著。蕭太太坐立難安，我本以爲有什麼事，不過後來發現那就只是她的習慣，她就是習慣無意識地在房裡踱步。不久，屋裡出現一股排泄物的氣味，於是蕭太太掀起老人身上的厚被，使勁把老人翻過身。一大灘褐色污漬滲在老人睡褲上。我想走出客廳，因爲蕭太太似乎打算就在我面前替老人家換衣清潔。但就在我要走出屋子時，院子裡傳來腳步聲，我探頭一看，然後和對方一樣，完全傻眼。

回來的人是蕭玉龍，他手上提著一隻腳上綁紅布的雞，臉色難看。我不知道是因爲和我四目相對，抑或他本來就心情不好。他瞪著我的臉，好一會兒，我不知道多久，總之，驚訝的神情漸漸淡去，接著，是一抹苦笑，帶著歉意的苦笑。

他輕嘆，然後大步走進屋裡。接著是一場難堪到極點的虛僞寒暄，蕭太太熱情地介紹我，她是很傳統的女人，尊師重道，老師長老師短地說著。玉龍把雞交給她，也不管她手上還沾著老人家換下來的髒衣物。子奇好像有點怕玉龍，他躲在角落，不停地用黑土塊在牆角塗鴉。

我呼吸急促，想逃走，恨透了他讓我陷入如此悲哀的境地。他走近我，眼神警戒，只淡淡說了句，我送妳回去。蕭太太這時回來客廳，她說晚上要殺雞請客。我看著這間連張桌子都沒有的空蕩屋子，用盡力氣擠出笑容說不用了。

「不好意思，我要先回去了。蕭太太妳不用這麼客氣。」我說，而且不敢看著她。

「老師妳眞的不留下來吃飯嗎？」她語氣十分失望。她知道她要誰留下來吃飯嗎？不，她不知道。

「我好像有點感冒，頭痛，我想先回去了。子奇的問題我會再打電話過來談的。」

「我們家沒有裝電話……老師，很抱歉。妳也看到了，我要照顧我公公，也沒辦法到學校去。」蕭太太苦惱起來。

「我送老師回去，在路上慢慢談好了。」玉龍冷漠地說道。

「是嗎？那就好！我先生有開車，就讓他送老師回去好了。」她笑逐顏開。

我沒拒絕，因爲我正好需要跟「子奇爸爸」獨處的機會。我要甩他兩巴掌，我要痛罵他混蛋，我要詛咒他。

上車之後他只說了句，待會兒再說。

後來，又開始下雨。

「我們是在雨天認識的。」到我家門口時，他停下車，終於出聲。

我恨得牙癢癢，「騙子！」

「我爸是在八年前出事的，從山上摔下來，搞成昏迷。那時我才剛滿二十一歲，村裡的長輩要我結婚沖喜。我無所謂，反正剛退伍，也沒有女朋友。後來媒人從部落裡帶來了一個女孩子，我們就結婚了。妳看到了，那就是子奇的媽媽。可是結婚後沖喜失敗，是啦，我爸是醒了，可是也癱了。子奇的媽媽就負責照顧我爸，她像個傭人，不過是個好傭人。」他看我一眼，忽然落寞一笑，「妳眞好，沒有大叫著說不要聽我解釋。」

我嗤之以鼻。但我很清楚，我根本就是盼他解釋，然後隨便找個藉口就能順水推舟原諒他。

「後來我考上警職，到外地工作。我不想待在家裡。子奇媽媽懷孕了，但還是得一個人撐起一家事務，沒日沒夜照顧我爸。後來，她變成有些歇斯底里，可能是壓力太大了。我知道她辛苦，可是就連看到她的臉，我都覺得厭煩。我自己都覺得自己狼心狗肺，沒人性。她生子奇時，我剛好有假，但卻跑到外地去玩，不想回來。我不想要這個家，妳懂我的意思嗎？我不是因爲愛這個女人才結婚的，我只覺得煩。如果她也恨我，我可能還會輕鬆一點，但她沒有，她總是等我，她說丈夫就是天——」

「眞是個好太太。」我森冷地說道。

他沒吭聲，沉默了一會兒之後，便忽然側身撲向我。我眞恨自己。就在他壓上我時，我很清楚自己是願意的，甚至可以說是等待著這一刻。我太惡劣了，剛剛才見過他的老婆孩子，現在卻在他身體下享受著。

我安慰著自己，他本來就不幸福。這樣想著，就可以減輕大量罪惡感。罪惡感是種奇妙的東西，它讓這一切更加刺激，更加美好。我眞想撕了這本日記。就在我緊握著筆寫下這一切時，他在我身後的床上睡著了。我不知道自己在做什麼，我也不知道他在做什麼。這一切，讓我想哭。

十月七日・雨

我請了病假，他也多請了兩天假。我們就窩在屋子裡，哪也沒去。校長夫人來過，熬了雞湯帶給我，他暫避在院子旁的倉庫裡。校長夫人說我臉色難看，要我多休息。我尷尬萬分，又十分羞愧。

待校長夫人走後，他又回屋裡，坐在我書桌前，不發一語。我本不想說什麼，可是不能這樣下去。他知道我在想什麼，自己倒是主動說了。他說，他打算把子奇送給遠親撫養。

我嚇了一跳，「你怎麼會這麼想？」

「這跟妳無關，我早就有這個打算，所以才沒送他去學校。」玉龍說道，「他媽媽有時瘋瘋癲癲的，精神狀況愈來愈差，如果讓子奇繼續跟著她，怎麼會有好日子過。說句難聽的，萬一哪天她眞的出了什麼狀況，傷害了孩子，那可怎麼辦？」

「要不然，你可以帶著子奇走啊。」

「我在花蓮住的是單身宿舍，哪能帶個小孩。而且，就算帶在身邊，也不可能好好照顧這孩子。黛音，妳也許會覺得我很冷血無情，但請妳想想，我不愛這孩子，看到他就像看到他媽一樣，妳應該知道這對孩子會有多大的傷害。妳是老師，別人不能理解，妳一定可以。」玉龍頓了一頓，「這件事我想了很久。我家有房遠親夫妻也沒孩子，我跟他們談過，他們會好好照顧子奇的。說眞的，我那位遠房堂哥是位律師，他也比我更有能力栽培子奇。」

「我當然可以理解你所說的。可是對孩子來說，離開親生父親是最迫不得已的選擇。不然……我替你照顧他？」我有些吃力地提議。

「傻瓜。」他捏了下我的臉，無奈，「妳就不怕子奇問，爲什麼爸爸跟老師常常住在一起？」

「你——」我氣悶極了，同時又覺得羞恥。

「反正，送走子奇之後，我就把我爸和她都送進療養院。」

「她……她看起來還好啊……」我這是違心之論。她竟然想當著我的面替老人家換洗，這根本就令人難以想像。

「妳沒看到嗎？這種還在穿短袖的天氣，她竟然用那麼厚的被子蓋住我爸，根本就是瘋了。她讓我爸就睡在客廳，夏天時不知道被多少蚊蟲叮咬。我不認爲她是故意的，但她已經沒辦法再過著正常的生活了。也許去醫院之後能好好調養，我也是爲了她好。何況，我也不能再讓我爸處於這種情況，他雖然癱了，但仍然有意識。每次他都用一種求生不能，求死不得的眼神看著我，我受不了。」

「好了，別難過。」我傾身抱住玉龍，可憐的人，「就按你說的辦，都聽你的。」

「黛音，妳能答應我一件事嗎？」

「什麼事？」

「儘快調回台北。」

我點點頭，知道他多少還有顧慮。「我會的。」

「我也會想辦法調到台北去。」他輕喟，「有些事眞是註定的。當年，我和子奇的媽沒去辦戶籍登記，看來是對的。」

我一聽，忍不住高興起來，隨即又覺得自己殘忍。這種複雜矛盾的情緒眞不知道何時才能結束。我對子奇和其他蕭家成員都覺得內疚，可是內疚並不能改變現實，也不能挽回些什麼。事已至此，我只能讓玉龍去處理這一切，然後乖乖等著他。

十月十三日・晴

今天我回到台北了。回到自己的家總是覺得舒服又自在。媽媽說我瘦了一大圈，我苦笑，說前幾天感冒了，也沒吃好。

我很猶豫要不要向媽媽提起玉龍的事，好幾次想開口，可是話到嘴邊又吞下。算了，等玉龍把事情都安排好再說吧。但等待很難熬，又漫長，愈等，我愈會懷疑，玉龍是不是眞能做到他的承諾，還是，他又轉身回去投入妻子的懷抱中呢？心裡一旦盤旋著這個念頭，就覺得痛苦不已。我覺得悲哀，我生命中的第一個男人是別人的丈夫，這算什麼。這不是我想要的，但我卻已深陷其中。

十月十四日・雨

他打電話到我台北家中，幸好媽媽出門去買菜，是我自己接的電話。他說，事情意外地順利，子奇、他父親和子奇媽媽的事都已安排好了。

但，最近還是少見面為好。我樂不可支，但言語上還是說了他幾句，表達我的愧疚。

即使窗外下著大雨，然而我心情卻一掃陰霾。我決定了，從此時此刻開始，我絕不去想那些人，那些事。蕭玉龍是個沒有過去的人，有的只是我和他共同的未來。我要這麼想，我會這麼想，而且永遠保持下去！

我承認，黛音的事只是個藉口。事實上，我所做的一切就只是為了逃離。一直過著幸福日子的人很難想像吧，不，應該說，絕對沒辦法想像。

剛開始，我不討厭子奇的媽。她是個美人。可是，除了美貌之外，她的許多行為都讓我不舒服。她身上帶著不知哪個部落的習慣，喝酒，然後在日正當中對著太陽唱歌。她的表情總是讓我覺得毛骨悚然，特別是當我勸阻她時，她的目光總是帶著一種被褻瀆的不愉快，但卻總笑著。

她老是說，丈夫就是她的天。

那話聽起來很刺耳。她總是一面說，一面咯咯笑。夜裡，她躺在板床內側，用手指捲著蚊帳，背對我，用原住民的語言說一些我無法理解的話。有時她會解釋，她說，她在祈禱，和我能夠永不分離。她說著，配上刺耳的笑聲。那些話讓我覺得反胃。

我去找過當初介紹的媒人，被我逼問了很久，媒人婆才說，她小時候被賣到城裡的紅燈戶，快成年時，她突然逃了回來。那時她家裡人都已死絕，只剩她一人。媒人婆覺得像我這樣爲沖喜而結婚的小伙子，配她也就夠了。我聽了之後倒沒有嫌棄她什麼，只覺得可憐，既是可憐我，也是可憐她。她是挺勤快的，的確是用「侍奉」的心態跟我生活，我以爲這輩子就這樣了。

有次放假回家，我看到她買了一張行軍床放在客廳。她喜孜孜地，堅持要把爸爸移到那張床上。行軍床耶，開玩笑，有好好的床鋪不躺，爲什麼要讓爸爸睡在那裡？我不禁火冒三丈。她對付我生氣的辦法只有一個，就跟她童年賺錢的手段一樣。當我在床上時才發現，行軍床正對我們房門，爸爸什麼都會看到。我氣得甩了她一巴掌，罵她噁心變態。但她笑著，竟問我能不能再打重一點。想吐，我他媽超想吐。我就連看到她的臉，都覺得反胃得難受。

但過沒多久，她便宣佈懷孕的消息。我感到一股難受的寒意，正在我體內上竄下跳。我不能忍受她是我孩子的媽媽，那個噁心的女人。她把父親當畜生似地對待，有幾次被我撞見，她哈哈笑著，一手撐開父親的嘴，一手把碗高高舉下，讓水急急灌進父親嘴裡，等他嗆咳後，再細心地替他抹臉，溫柔地照顧他。

久而久之我愈來愈少回家。我想假裝自己沒有家人。而且更糟的是，我開始怨恨起爸爸。如果不是他執意要上山採那些分文不值的藥草，他就不會發生意外，他不發生意外，我就不用跟那女人結婚，然後就不會有這些該死的痛苦和怨恨。偶爾回家時，我總睡在以前爸爸的房間，不想看到那女人。但她會摸黑跑進我房裡，拚命要我感覺她。她會在身上抹些廉價香水，即使大腹便便也依舊這麼做。我發狠，用力推開她，她不管跌了幾次，卻始終沒能流產。該死的。

孩子要出生時，我乾脆找地方躲了起來。可憐的小生命，投錯了胎，一輩子都不會有什麼好日子過。但，再怎樣我還是逃不掉，還是得回去看看。爸仍睡在客廳的行軍床上，他那想死的眼神不再，變得十分空洞。我想他的意識已經模糊，我不懂爲什麼還要讓他活下去；或者，那不是「活下去」，而是別的我不知道的一種狀態。

她背上揹著小孩，在房子裡走來走去，不停地來回，一刻都靜不下來。她依舊歡天喜地迎接我，但到了晚上我睡進爸的房間，把門反鎖上時，我知道她在哭。坦白說我寧可她拍門叫罵，要我跟她談判。可是她沒這麼做，她只會在房外，抱著小孩站一夜，然後死盯著房門。

其實我很好奇，到底是怎麼度過那些年的。

後來，我遇到了黛音。其實，不管遇到了誰都好，我自己很清楚，我需要的是一個藉口，無論是誰，只要能成爲那個藉口，我都不在乎。我那時急於跟黛音在一起，似乎這樣就可以擺脫那些被扭曲的歲月，似乎這樣就可以抹掉我的一切，宛如重生。很難說明那種想斬斷一切的決心是如何產生並且變得無比堅定，我也不知道，如果黛音沒出現，此刻我的人生會依舊停留在那個荒涼的村裡，還是又有了別的發展。人生無法預測，是吧？

我在想，不，應該說回憶。我大概早有那種打算吧。有的女人你一輩子也甩不掉，要嘛認輸賠上自己一生，要嘛就得狠。可是，想歸想，動手卻是難事。怎麼會容易得了呢？那女人陪過我，她是名義上的妻子，還生下了孩子。再怎樣，我也沒辦法就這麼走到她面前，告訴她我要了結這一切。

不過，命運總是奇妙。就在黛音回台北探望母親的那個星期六下午，是她自己走上了那條絕路。

「爸、爸爸……」子奇叫我。我看他一眼，他嚇得瑟縮，但還是用極小的音量把話說完，「阿公在吐。可、可是媽媽還是一直在餵他吃稀飯。」

我連忙衝到客廳，只見父親臉已漲成醬紫色，他嘴裡噴出稀飯湯汁，眼珠暴突。那女人用瓷湯匙塞進他嘴裡，拚命想讓爸爸把稀飯嚥下。

「吃嘛，多吃點嘛！阿爸，吃嘛！」

「媽的妳在做什麼？！」

我狠命推開她，扶起父親，想讓父親呼吸順暢一點，但父親的眼白全是血絲，瞳孔已無反應。

「爸！爸！你聽得見嗎？！爸！」

我感到父親的頸部從原本僵硬緊繃的狀態，突然放鬆，頭就這麼垂下來。他的嘴仍張得大大的，濃稠的稀飯湯汁和唾液、嘔吐物混合著一併流出，沿著下頦到頸子。

那女人還在笑，我轉頭怒瞪著她，她不覺得什麼。那張臉，完全無法讓人理解，已經陷入了一種怪異的瘋狂狀態。她仰天大笑，手上的碗把稀飯潑出了一大半。忽然，她停住了。用珍惜的表情喝下碗底的一點稀飯。在剎那間，我的怒氣及憤恨消去大半，注視著她的臉，我的腦袋裡好像有個開關就這麼被按下。

等我清醒時，已經把她揍昏了。接下來的一切就像是本能似的，我扛起她，拿著一綑麻繩，快步走出家門。我揹著她上山，來到只有我和父親知道的小木屋裡，把她綁起。然後下山，回到家裡，把孩子也帶上山。我幾乎沒考慮自己到底在做什麼，只覺得，我就是要這麼做，這是非做不可的事！一定要！

山上的木屋是父親在病倒前和我合力蓋好的，裡面砌了一座牆，好像有什麼作用在，但我不記得了。因爲在那棟木屋蓋好後不久，父親就跌落山崖，受了重傷，當然，他再也不可能上山去了。

當我帶著孩子上山，來到木屋時，她已經醒了。也許是因爲綁得不夠緊，她已經掙脫了繩索。她的手腕上被磨破皮，傷口清晰。她見到我帶來孩子，十分開心，她牽著子奇的手，在木屋裡打轉，跳舞，唱著部落裡我聽不懂的歌。那情景讓我暴怒，於是反鎖了木屋，赤手空拳抓住她的長髮，把她往牆上撞去。她怪笑著，我永遠都忘不了她那時的反應。

「親愛的！」她嚎叫著，大笑，「親愛的，你知道我愛你！哈哈哈！再用力一點嘛，乾脆把我的頭皮剝下來啊……」

「閉嘴！瘋婆子！妳瘋了，完完全全瘋了！」

「哈哈，嘿嘿，哈哈哈！親愛的，盡情折磨我，沒關係的。」她跌倒了，又爬起，叫喊沒停過，「丈夫是我的天！要我怎樣，我就怎樣！哈哈哈！要我去死也行，去死也行，哈哈哈哈！」

她那笑聲至今還會使我在夢裡驚醒。她突然掙脫我的手，開始在屋裡來回地跑，這時孩子開始大哭，我用腳狠狠一踢，孩子便安靜了。她像是在遊戲似地，開心地跑著，狂笑，好像遇到了什麼令人噴飯的事。我停下腳步，但她卻仍然繼續跑，繞著圈子跑。

後來，我把繩索甩過屋樑，當她又跑經我面前時，我用繩套緊緊套住她，然後反手抓過繞經屋樑的另一端，用力地往下拉。我往下拉的繩索愈多，她就被吊得愈高。就在這樣的動作中，我開始產生一種興奮感。我把繩索緊緊繞在身上，抬頭，就看見她的腳亂踢著。

她沒辦法再笑了，雙腳在半空中狂踢，接著，她停止了。之後，她那件白底黃花裙變得髒污，那是因爲腦部缺氧窒息而產生的大小便失禁。原本緊抓著頸上繩套的手耷拉垂下。她終於笑不出來了。吊死的人，沒有電影那麼恐怖，舌頭碰到牙齒，所以不會吐得老長，眼珠也會在幾天後才突出。當我冷靜地思考這些事時，我才意識到自己到底做了什麼事。我吊死她了，我吊死我的妻子，我兒子的母親了。

我仍牢牢抓住繩索，

有一種，解脫的感覺。

親愛的，你不知道我在看著你，對吧？

我看著你把繩索固定在那堵怪異的牆上。

看著你像對我一樣把我們兒子綁起。
你一定看到他驚恐無助的眼神了，
所以無法親手送兒子上路。

我知道你想做什麼，親愛的。
你想把我們的兒子跟我一起留在這木屋裡，
你這個惡毒殘酷的父親想要讓自己的親生兒子陪伴媽媽就要開始腐敗的屍體，
讓他在無止盡的痛苦、恐懼和折磨中死去，
噢親愛的，我從來就不怨恨自己的命運，
即使事已至此我也認命——

但因爲你如此對待這無辜的孩子，
在可憐的他身上加諸如此可怕的折磨，

親愛的，你必得付出代價。

也請你永遠記得，

死亡，

不能停止我愛你的心——

THE END

掌中短篇

完美戀情

「你已經抽第四包菸了。」她說。

「放心！」他一貫瀟灑，「我的肺好得很！妳們女人就是喜歡瞎操心。」

她拿起菸灰缸，在他眉眼前晃晃，「看清楚，每支菸還抽不到一半，你未免太浪費了。」

「噢。」他誤會了。「我會學著節儉。」

「省著點用吧。」

他別有意味地笑著，「妳是指菸還是女人？」

「你的生命。」她說完，把杯裡透明的龍舌蘭飲盡，揹起那只非常眼熟的皮包，從他面前消失。

女人走後沒多久，他也買單走人。他走到街上，天空下起細雨。和上次那個可愛甜心分手已經過了三天。他評估著，應該回去收拾那堆幾乎要把他辦公桌壓垮的設計圖，還是繞到下一間酒吧，尋找新鮮的邂逅。

「喂，我送你回去。」她的車靜靜駛近他。

他不是沒有察覺，而是早就習慣她近乎無聲的接近。「送我回哪？」

「你老婆家。」

「不怕被她誤會？」

「得了吧。」她握著方向盤，「那也不是第一次了。」

他打開車門，坐進車裡，看到她右手腕上一條細長而極似紅線的傷口。「還沒好？」

「穿上長袖就好。」她總是不多說廢話。

「沒想到她會用刀傷妳。」他覺得抱歉，畢竟女人的手太美了，不該爲了他平添破相傷口。

「你並不是第一天認識她，你早該知道你老婆的佔有慾太強。」

「可是她很美。我設計的房子，不能沒有漂亮美麗的女主人。」

「你的房子當然有。」她平淡地說，「可惜你的生命裡沒有。」

他不喜歡「人生」啦「生命」啦這些沉重而令人無奈的詞。「最近怎麼老是生命生命說個不停？」

「干你屁事？」她緩緩停下車。

他微笑，「我一向很關心妳。」

她扯扯嘴角，「我受不起。」

雨變大了。雨刷一次次打亂他快要清晰的視線。他記得當他堅持要起用這個女人當助理時，所有人都非常訝異。沒人知道，包括她本人，都不知道他只是喜歡她一雙雪白柔軟，略微豐滿如玉蔥的手。

車到了某棟高級大廈前。車燈被什麼東西阻礙住了。她和他仔細一看，是一個穿白衣的女子。看起來已經淋雨淋很久了。

「還不拿傘給你老婆？」

「妳覺得我現在下車還會有命嗎？」他看著被雨刷不停切割的妻子，她手上有著閃耀悲傷銀光的短刀。

「如果你不下車，沒命的會是我。」她很溫柔地微笑，朝著擋風玻璃外的那個女人。

「妳介不介意載我回公司？」

她的手又搭上方向盤，「隨你。」

他的皮鞋該換了，在公司的地上發出沉重的水聲。她打開辦公室的燈，從櫃裡找出一套乾淨的備用服，還有毛巾。

「謝謝！」他接過她扔來的毛巾。

「你打算在公司睡一夜？」

「我能去妳家睡一夜嗎？」

「如果只是要睡覺當然可以。」

「我想，我留在公司就好了。」他說。

「我只是不願意變成泡過水的手機。」

「我不會輕易拋棄妳。如果我們在一起的話。」他看著她。

「那我會變成浸過水的鞋子。就像你老婆。」

「我不會把妳晾在家裡，完全置之不理。」他提出最大的保證。

她挑挑眉，「這個話題我們已經討論五年了。」

「我明年依舊不同意讓妳調動，所以我們還有第六年。」

「如果有明年的話。」她突然說，「我們緣盡了。」

他非常訝異，「妳說什麼？」

她聳聳肩，「我找到一個新工作，而且新上司未婚，看起來也不錯。我明天就會遞辭職信。」

非常輕微地啪一聲。

他腦袋裡有個零件鬆動。

他從沙發上起身，她正彎腰撿起那條毛巾。

「你幹什麼？」她被他推向沙發。

「我正在脫妳的衣服。」他並不激動，也沒有咆哮。

「你認爲你不會後悔？」

他已經解開她五顆釦子，「爲什麼會後悔？」

「因爲我會報復。」她語氣冰冷，但卻緩緩閉上眼。

他一直不知道，做愛時除了生理的反應外，心理也會有感覺。他覺得自己在黑夜的深海浮沉，巨大的如冰山的寒冷，讓他只能靠著不停的衝刺來阻止這樣的冰冷蔓延。

清晨時分，他終於無力地軟癱在她身上。她與他，兩人的頭並排著。她像是從長夢中醒來。

他彷彿看到她穿好衣服。

「我想跟你要一樣東西，當作你發洩的代價。」她說。

「那不是發洩！」他坐直身體。

「我只問你給不給。」她向他伸出右手。

他盯著她的玉手，半晌，「要什麼我都給。」

她滿意地笑了，「謝謝。」

他的屍體在上班時間被發現。他沒有閉眼，笑得很滿足。終於有女人要他的心，而不是他的錢，他的人，他的幽默，他的溫柔。

這眞是個完美的結局。他想。

他愛的女人愛他的心。

世界上並不是每樁戀情都可以像他與她一樣，有著令雙方滿意的美好結局；至少他與妻子的故事就絕對不是。

最後的禮物

——向派圖一雄大師致敬

他童年時過得不好。父母因故雙亡，親戚只好把他送回鄉下老家，交託給早就和他父親斷絕關係的爺爺。

他並不清楚當年父親和爺爺爲何斷絕了父子關係。小時候他不明白「斷絕父子關係」是什麼意思；長大後他不明白那明明就是毫無作用的行爲，爲何還是有人會掛在嘴邊，用以恐嚇父母或孩子。

但，爺爺對他很好。爺爺並沒有把對父親的不悅轉移到他身上。靠著製作木偶爲生的爺爺，經濟狀況不太好，沒能力買又新又時髦的玩具給他，總是自己製作手工的玩具。可是，那些爺爺做出來的玩具沒給他帶來歡樂，同學都笑他。

他的童年為此怏怏不樂好一陣子。

他沒跟爺爺住很久。因為爺爺身體一向不好，為了扶養他而超量工作，很快就病倒了。爺爺生病時，仍辛勤製作玩具。他那時偷偷哭了，他知道爺爺對他好。可是，爺爺製作的玩具卻全部放進一只大袋子裡頭。

聖誕夜，爺爺過世了。

爺爺臨終前給他一只小鳥形狀的木製哨子。雖是木頭，但眞的能吹出聲音。「難過的時候就吹這個哨子吧。」這是爺爺對他說的最後一句話。

爺爺被放進薄薄木板釘成的棺木中，那袋本以為是做給他玩的玩具也塞了進去。有人說那是爺爺的遺願。親戚中一個歐巴桑把他接走。歐巴桑很嚴厲，但也對他很好，供他讀書，直到大學畢業。

後來他結婚生子，妻子卻難產過世，只留下剛出生的兒子。

他極寵兒子，怕再婚後新妻子沒辦法眞心對待小孩，因此就這麼過了

五、六年單身生活。直到後來遇見那個女孩子。那個女孩是他的新秘書。除了工作上幫了不少忙之外，她也偶爾替他照顧孩子。孩子就要六歲了，幼稚園裡其他小孩都有媽媽，他卻沒有，這讓他常哭鬧，跟爸爸吵著要一個媽媽。

所以他很認眞地考慮。他的工作只會愈來愈忙，必須有人好好替他照顧孩子。他的秘書和孩子處得不錯，看起來不討人厭，也沒什麼壞習慣。他多半是爲了那孩子考慮，自己倒覺得無所謂。

他很快就把秘書娶進門。但是他並不知道，那個女人只是善於做做表面功夫，婚後對孩子的態度完全改變，只在他面前裝溫柔。他爲了工作忙碌萬分，心想有太太在，孩子就能獲得很好的照顧。

那孩子一點兒也不快樂。

新媽媽很兇，常吼他。他變得只愛待在房間裡，沉默寡言。

某天，那孩子在家裡的某個角落發現了一只木製的哨子，做得像小鳥一樣。他撿走了，帶回房裡玩。有天晚上，新媽媽打扮得漂漂亮亮出門去了，爸爸也還沒回來，他便在屋子裡吹起哨子。

一個老爺爺出現了。老爺爺慈祥地問他，是不是有難過的事，然後從一個大袋子裡拿出一樣玩具給那孩子。

那孩子覺得很有趣，老爺爺就像聖誕老人，揹個大袋子，袋裡都是玩具。後來，只要爸媽不在，孩子就拿起哨子吹幾聲。老爺爺出現的次數愈多，袋裡的玩具就愈來愈少了。

聖誕夜那天，新媽媽又罵那孩子，正巧男主人下班進門。新媽媽向丈夫哭訴孩子胡鬧，於是那孩子便被父親罵了幾句。他大哭，躲回房間，然後拿出哨子。孩子的父親聽見哨音，走進孩子房裡，卻被嚇呆。

「爺爺？！」他不敢相信，過世已經三十多年的爺爺在他兒子房裡，還拿著那只裝滿玩具，用來陪葬的大袋子。

老人沒理他，只對那孩子說，「可憐啊，老是受欺負。但，爺爺的袋子空了，沒有玩具給你了。」

那孩子大哭。

他嚇得發毛，本能地衝上前緊緊抱住自己兒子。

老人轉身，打開大袋子，「可憐的孩子，沒辦法了，跟爺爺走吧，以後就沒人再欺負你了。」

老人的手抓住孩子的頭，想帶走他，父親緊緊抱著孩子不肯放，只是大叫。喀一聲，接著是狂噴的血。

老人把孩子的頭放進袋裡，喃喃說道，「走吧，跟爺爺走吧，以後就我們祖孫倆永遠在一起吧。」

後記

寫完《空房禁地》不久後，我忙著把之前收到的一堆小說讀完，並且也繼續另一本拖了很久的稿子《放課後天使育成III》。幾天後總編問我下一本驚悚小說何時能寫完，結果我拖拖拉拉，進度緩慢，雖然有了主題，但卻寫得不順。前幾天，我收到了總編寄來的封面圖，這才驚覺截稿日就要到了。

本來我該認眞地把稿子繼續寫完，可是一場午夜怪夢，讓我捨棄了原本已有的兩萬字的進度，全篇歸零，從頭再來過。我常做些宛如電影情節般的夢，之前的《死亡營隊》也來自我的夢境，夢醒後我總是能記得細節。這一次，我夢見七十年代，一名年輕英俊的警察，拖著他的妻子到荒山上的木屋裡，他和妻子談判破裂，於是殺害了她。之後，又把兩人生下的兒子綁上山，任其自生自滅。夢裡的畫面十分清晰，於是《鬼咒纏身》的主題就這麼改變了。其代價就是我得在剩餘幾天裡補齊所有進度（苦笑）。

《鬼咒纏身》是一篇很簡單的作品，其實我一向不特別喜歡迷幻風格——就是那種看了很久之後還是不懂在幹嘛，或者異常虛幻，讓人分不清到底是現實還是夢境的故事。理所當然我自己的作品也不可能有那樣的走向。《鬼咒纏身》主要在描述有個男人做了壞事，殺了妻子，又把兒子跟死去的妻子關在一起，任其自生自滅，他那位精神不太正常的妻子可以忍受玉龍殺害自己，她只要兒子能活下來就好。但二十年後，玉龍的報應還是到了，只不過未曾全部應驗在他身上。

另外，這次也附上了極短篇〈完美戀情〉和〈最後的禮物〉。〈完美戀情〉是多年前的作品，由於沒有合適的發表機會，因此一直長眠在硬碟裡。〈最後的禮物〉是改編自日本恐怖大師派圖一雄的漫畫作品。派圖大師的漫畫是我童年時的最愛（好吧其實是被嚇得很慘），他那強烈的風格也影響了後期許多日本恐怖漫畫家。希望能藉由〈最後的禮物〉向他致敬。

在趕稿期間我要感謝讀者，還有家人支持，免除我一整個星期的打掃工作，以及貓咪的陪伴，朋友、同事的鼓勵。特別是春天出版的總編莊先生，每天早上打開信箱，就會收到總編大人在凌晨替我趕出來的封面進度，辛苦了！以及另一位總是給予我熱情相挺，江湖上人稱海豚，暱稱阿海，法號豚祖，筆名慕夏，本名有個「潔」字的文藝美少女掌門人兼新銳作家——謝謝！

很幸運能順利完成這部作品，希望你會喜歡。

鍾靈

除非你百分百確定自己是第一任房客，
否則你不會知道，
在你之前住過的是……
空房
THE
CONDO
禁地
空房
THE CONDO
禁地

暢銷作家**九把刀** 戰慄推薦
校園恐怖天后**鍾靈** 首部長篇驚悚大作

2009都市恐怖系作品
期待度NO.1

· 迷幻、血腥、如影隨形、無法逃離的全新恐怖都市傳說
· 喚醒你我曾經共有的恐懼，直擊人心最深層的黑暗
· 台灣校園恐怖天后鍾靈首部長篇鬼魅經典，絕對不容錯過

空房禁地

鍾靈 著

Something in the house will tear your soul apart.

THE CONDO

鬼咒纏身
The Haunting Spell

國家圖書館出版品預行編目資料
鬼咒纏身／鍾靈著；——初版.——臺北市：春天出版國際
,2009.07面； 公分.——（暗黑國度；12）

978-986-6345-07-4（平裝）
857.7 98017150

ISBN 978-986-6345-07-4
Printed in Taiwan

暗黑國度12
鬼咒纏身

作　者 ◎ 鍾靈
總編輯 ◎ 莊宜勳

發行人 ◎ 蘇彥誠
出版者 ◎ 春天出版國際文化有限公司
地　址 ◎ 台北市忠孝東路四段303號4樓之一
電　話 ◎ 02-2721-9302
傳　真 ◎ 02-2721-9674
E-mail ◎ frank.spring@msa.hinet.net
網　址 ◎ http://www.bookspring.com.tw
部落格 ◎ http://blog.pixnet.net/bookspring
郵政帳號 ◎ 19705538
戶　名 ◎ 春天出版國際文化有限公司
法律顧問 ◎ 蕭顯忠律師事務所
出版日期 ◎ 二〇〇九年十月初版一刷
定　價 ◎ 180元

總經銷 ◎ 楨德圖書事業有限公司
地　址 ◎ 台北縣新店市復興路45號3樓
電　話 ◎ 02-2219-2839
傳　真 ◎ 02-8667-2510
香港總代理 ◎ 一代匯集
地　址 ◎ 九龍旺角塘尾道64號 龍駒企業大廈10 B&D室

電　話 ◎ 852-2783-8102
傳　真 ◎ 852-2396-0050

排　版 ◎ 浩瀚電腦排版股份有限公司
印刷所 ◎ 鴻霖印刷傳媒股份有限公司